JN100162

恋する小リス、いりませんか？

小林典雅

新書館ディアプラス文庫

恋する小リス、いりませんか？

contents

illustration : 緒花

恋する小リス、いりませんか？

koisuru korisu, irimasenka?

もうダメだ、助かるわけない。

自分の身体よりも何十倍も大きな獣にひと飲みされ、イリヤは恐怖に震えながら死を覚悟する。

故郷を遠く離れた最果ての地で、獣に食われて最期を迎えるなんて思ってなかった。

熱くぬめる獣の口の中で涙を零したとき、

「そんなに怯えなくていい。もうなにもおまえを傷つけたりしないから」

と低い声がして、暗い獣の口から大きくてあたたかな人間の掌の上に乗せられた。

死の淵まで行った恐怖で意識が霞み、相手の姿はぼんやりとしか見えなかったが、涼やかな青い瞳の黒髪の男性だというのはわかった。

優しい声と両手でそっと包んでくれるぬくもりに、やっともう大丈夫だと安心できた。

これが死の間際に見る安らかな夢じゃなく、本当に親切な誰かに助けられているのなら、生き長らえた暁には必ずこの青い目の優しい人に恩返しをしよう、と薄れる意識の中、イリヤは思った。

＊＊＊＊＊

「ほらイリヤ、下界に見えるのがカールハート城だよ。ここまで来たら、あっという間に着くから、しっかりつかまって」

「わ、わかった、ピム」

従兄弟のピムとペガサスに乗って故郷の森を発ってから小半時も経たないうちに、雲の切れ間から高い塔が聳える美しい白亜の城が見えてきた。

カールハート王国の南西にあるメイゼルの森から王都までは人間の足でも十日以上かかるが、大きな翼のあるペガサスはひとっ飛びでお城に連れていってくれた。

そのペガサスに跨ってイリヤを迎えに来てくれたシマリスのピムは、幼い頃に才気を買われて王子様の学友に取り立てられた自慢の従兄弟である。

ものおじせずおしゃべりなピムとおっとりしたイリヤは性格はまるで違うが、昔は一緒に森を駆けまわり、どちらが頬袋にたくさんどんぐりを詰め込めるか競ったりした仲だった。

ピムが王宮に行ってからも手紙のやりとりを続けており、直近に届いた手紙には、王子様のことで頼みたいことがあり、王宮に来てほしいと書かれていた。

ピムがお仕えするアシェル王子は優しく穏やかな人柄で、普段我儘や無理難題を言うようなことはないが、最近曾祖父が記した古い手記を見つけ、「満月の夜に『願いの泉』に飛び込むと願い通りの場所に行け、また同じ日に戻ってこられる」という記述を信じ、一度だけ試してみたいと脱走を企てたという。

もうすぐ隣国の姫との結婚を控えた身で、そんな真偽もわからない書物を信じるのは危険だとピムが止めると、一応納得して断念してくれたが、長年の勘でどうも完全には諦めていない気がするので、しばらく見張りを強化したいから是非イリヤにも協力を仰ぎたいとのことだった。

いかにも屈強で強面の監視役では王子様を疑っているのがあからさまにバレてしまうので、あくまでも小さくて無害なリスが仲良しの従兄弟に会いにお城におのぼりさんに来ただけという態で、さりげなく目を光らせてほしいという。

大人しくほんわかしたイリヤなら、密命を帯びて監視しているようにはとても見えないから適任だと熱心に書いてあり、久々にピムに直接会いたかったし、自分には一生縁のないはずの王宮を一度くらい見てみたい気もして、頼みを聞くことにしたのだった。

急降下するペガサスのたてがみにしがみつき、ぎゅっと目を閉じてしばし重力に耐え、ふわっと身が軽くなったのに気づいて目を開けると、城の中程にあるバルコニーに降り立っていた。

ピムがベルトがわりに腰に結んでいたたてがみを解き、「ありがとう、イグニス」とペガサ

スに礼を言う。イリヤも腰を縛っていたたてがみを外していたとき、

「ピム、イグニス、おかえり」

と物柔らかな声が聞こえた。

声のしたほうを振り返ると、まばゆい金髪と空色の瞳の美しい青年がこちらに歩いてくるところで、気品漂う物腰から、まごうかたなき王子様だとすぐにわかった。

初めて見る高貴な方に緊張しつつもほうっと見惚れていると、

「ただいま戻りました、王子様。こちらが私の従兄弟のイリヤにございます。王宮に上がるまで一番の仲良しで、私がたびたび手紙に王子様やお城のことを書き送っていたので、一度憧れの場所に行ってみたいと申しまして」

とピムが改まった口調で言い、挨拶もせずに見惚れていたイリヤをツンと爪先で軽く蹴る。

イリヤはハッと我に返り、急いでペガサスの背に後ろ脚だけで立ち上がり、深々とお辞儀をした。

「は、初めまして、アシェル王子様。このたびは、ピムの身内というだけで図々しくお城にまかりこしてしまい、大変恐縮いたしております。なるべく邪魔にならないようにいたしますので、どうかしばらくピムと旧交を温めさせていただければ幸いです」

プチ家出の監視役という真の目的を伏せ、ピムに言われたとおりの内容をおずおず告げると、近くまで来た王子様が微笑みながら顔を寄せてきた。

「ごきげんよう、イリヤくん。ちっとも邪魔じゃないから、好きなだけ滞在するといいよ。……同じシマリスでも、やっぱりそっくりなようで微妙に個性があるね。声質も違うし、君のほうが目尻の焦げ茶のラインが濃くて美人顔かな。……あ、いや、ピムのほうが不細工って言ったわけじゃないからね。ピムはピムで黙ってれば最高に可愛いから」

後半はピムに向けて慌てて機嫌を取る王子様に思わず笑みを誘われる。

ピムの手紙のとおり、穏やかで親しみやすい御方みたいでよかった、とほっとしたとき、

「王子様、そろそろお戻りを。まだ隣国ダートシーの歴史についての講義の途中です」

とはるか昔に聞いた覚えのある平板な口調と見覚えのある白銀の長髪をひとつに結った男が王子様の背後から現れた。

ケアリー卿……！　とイリヤは目を瞠って硬直する。

ケアリー卿は王子様の養育係を務める魔法使いで、昔メイゼルの森に王子様の学友をスカウトしに来たのでイリヤも面識がある。

あまり思い出したくない記憶なので封印していたが、仔リスたちがみんなで遊んでいたとき、突然強い光と共に黒いローブを纏った白銀の髪の美しい男性が現れ、

「ここのリスはおしなべて知能が高いと聞くが、外見はどのリスも甲乙つけがたい可愛さで選べぬゆえ、知力体力自己アピールで審査させてもらう」

と唐突に選抜試験を始めた。

筆記試験、木登り競争、一発芸を無茶ぶりされ、わけもわからぬまま仔リスたちはどんぐりの殻を木靴がわりにタップダンスを踊ったり、長いにんじんスティックを縦横斜めに口に詰め込んで頬袋を限界まで伸ばした変顔をしたり、懸命に一芸を披露した。

ピムが十九×十九までのかけ算を玉乗りしながら暗唱してどよめきが起きた直後にイリヤの番になり、当時はいまよりもっと内気で人に見せられるような芸のレパートリーもなく、

「……ごめんなちゃい、なにもできまちぇん……」と縮こまって訴えたが許されず、やぶれかぶれに『妖獣ヴァンピーに出くわした仔リス』という題で死んだフリを全力で演じたが、あえなく不合格だった。

別に王子様のご学友になりたいなんて思ったこともなかったから選ばれなくても残念ではなかったが、幼心に「なんでこんな目に」と人生の不条理さを知った。

たぶん相手はピム以外の仔リスのことなど覚えていないだろうし、初対面のフリをしてとぼけようと思っていると、

「ケアリー、もうすこし待って。ほら、ケアリーも見てごらん。ピムとイリヤくんがふたり並ぶと可愛さ倍増で胸がきゅうんとするから」

と王子様が弾んだ声で言う。

昔見たときとまるで変わらない若さと美貌を保つケアリー卿が、興味なさそうにチラッとこちらを一瞥し、王子様に戻しかけた視線を再びイリヤに戻した。

「……なにやら見覚えが。たしか面接でグァンピーに遭遇した仔リスを演じた子では。なかなか味のある死んだフリだったが、グァンピーの前で悠長に死んだフリなんかしてたらあっという間に食われるから、早く高い木の上に逃げるべきでは、とつい危機管理の観点から減点してしまったが、芸自体は可愛くて私のツボに入ったので記憶に残っている」

　無表情にそう言われ、覚えてるのか、しかも意外に好印象だった、と内心驚愕しながら、

「ご、ご無沙汰いたしております、その節はお目汚しを……、メイゼルの森にはグァンピーがいないので、つい想像で演じてしまい、失礼しました……」

　とへどもど頭を下げる。

「あれ、知り合いだったのか」と王子様は鷹揚に微笑み、ピムとイリヤに言った。

「まだ授業が残っているから、終わるまで城の見物でもして待っててくれる？　またあとでお話ししよう。イグニスも御苦労さま」

　穏やかに告げてアシェル王子はケアリー卿と共に部屋に戻っていく。

　イグニスがバルコニーから飛び立って厩舎に向かうのを礼を言って見送り、ピムとイリヤは王子様の勉強を邪魔しないように壁伝いに続き部屋へと移動する。

　王子様の部屋の一角にピムの居場所が設えてあり、人間用の丸テーブルの上に赤いサーカスのテントのようなものが乗せられ、床から長い木のはしごが立てかけられていた。

　ピムははしごに片手をかけ、

「この上の天幕が私の個人的な場所なんだ。と言っても、日中はほとんど王子様と行動を共にしているし、夜も王子様の寝所で寝ているから、ここで過ごすことはそんなにないんだけどね。昔は王子様とケンカしたときにここに閉じこもると、王子様のほうから謝りに来てくれたものだけど、右耳の弱点に気づかれてからは、王子様が悪いときでも右耳を弄られてうやむやにされるようになっちゃって」

と言いながらはしごをのぼっていく。

ピムには昔から右耳を触られるとふにゃっと腰砕けになる癖と、驚いたり興奮したりすると失禁する癖がある。

でも、王子様と対等にケンカするなんてすごいな、とピムの度胸に感心していると、上に着いたピムは一旦天幕の中に入り、長い紐を手に外に出てきて、

「イリヤ、この紐の先を君の鞄に結んで。上から引っ張りあげるから、イリヤははしごをのぼってきて」

と上からぽーんと紐の片側を抛ってくる。

家から持ってきた旅行鞄に紐を結び付け、ピムが紐を脇に挟みながら引きあげてくれるのを下から手が届くところまで手伝ってから、はしごをのぼる。

上に着いて天幕に入れてもらうと、中には小さな燭台とどんぐりのへたのカップが置かれたテーブルと椅子、クッションの乗った寝椅子とハンモック、猫脚のついた浴槽、小さなバイオ

リンやオルゴールなどが置かれた居心地のよさそうな空間になっており、赤い布の天幕ごしに上からの光が透ける様が、どこか故郷の森を彷彿とさせた。

メイゼルの森は常夏ならぬ常秋の森として知られ、一年を通してカエデやカラマツやミズナラなどの樹冠が鮮やかに色づいていつ見ても美しく、豊富な木の実や果実にも恵まれたリスの楽園のような場所だった。

昔からそつなく都暮らしに適応してきたように見えても、やっぱりピムも森が恋しいときもあったのかな、と思いを馳せる。

「素敵な部屋だね」

「ありがとう、王子様が指物師に頼んでいろいろ揃えてくださったんだ。イリヤもお城にいる間は遠慮なくここを使って」

イリヤの鞄から紐を外しながら言うピムに「わかった」と頷き、

「あ、ピムにお土産があるんだ」

と鞄の中から森の仲間たちから預かったピムへの手紙の束とピムが昔好きだったメイゼルベリーの実、母のマイカが焼いたナッツクッキー、最後に森で拾った綺麗なカエデの赤い落ち葉を取りだす。

家を出るときまではベストチョイスだと思っていた品々が、お城に着いた途端急に地味に思えておずおず差し出すと、

「おぉ、マイカおばさんのクッキーもメイゼルベリーも大好物で嬉しいよ！　手紙もあとでじっくり読ませてもらうし、カエデも早速飾らせてもらうから！」

と社交辞令には見えない表情で喜んでくれた。

お茶と手土産のクッキーでひと休みしたあと、お城見物に連れていってもらう。

廊下ですれ違う宮廷人たちが「やあピム」「ごきげんいかが？」などと当たり前のようにピムに話しかけてくるのを目の当たりにし、本当にただのペット以上に一目置かれてるみたいだ、と従兄弟の出世ぶりに内心あんぐりする。

ピムは各部屋の壁の隙間や覗き穴の位置にも精通しており、正式に紹介される前の予習として、こっそり裏側から室内を覗いて王様や王妃様、第二王子のオーランド殿下、重臣たちや王子様付きの侍従などについて教えてくれた。

「あのじゃがいもに棒が二本刺さってるみたいな体型の方が法務大臣のラフィーク卿、そのそばの若い男がティリアン次官でその隣が……」などと説明してくれたが、たくさんいすぎて一度ではとても覚えきれなかった。

役職だけでなく人となりや趣味特技のほか、誰と誰が犬猿の仲だとか、三角関係や不倫など、裏の人間関係までピムは熟知しており、改めてただ者ではないと内心おののく。

「まあ、イリヤはずっとここにいるわけじゃないから、さらっと聞き流していいよ。王様や王子様は善良でのどかな方々なんだけど、その下では結構ドロドロした権力争いや権謀術数が渦巻いてたりするんだ。例えばあのティリアン次官も見た目ほど爽やかな御仁じゃないと思う。三年前、ティリアンの友人で同僚だったライジェルという男が他国に機密を漏洩した廉で流刑に処されたんだ。でも彼は真面目で有能で、そんなことをする人じゃないと周りも驚いたし、本人も無実を訴えていたけど、物証と目撃証言があって有罪になった。で、そのすぐ後ティリアンは彼の婚約者だった大臣の娘と結婚し、彼の後釜の地位も手に入れた。状況から見て、たぶん濡れ衣を着せてハメたんじゃないかな」

覗き穴の陰で声を潜めて囁かれた黒い秘密にイリヤは息を飲む。

「そ、そんな、無実の人を冤罪で失脚させるなんて……、なんとか裁判をやりなおしたり、あの人を捕えたりできないの？」

森では聞いたことがないようなあくどい謀り事に身震いして、ピンと尾を張り詰めて問うと、

「あの手の狡猾な悪党は尻尾を掴まれるようなヘマはしないから、たぶん無理だと思う。宮廷にはどんな手を使ってでものし上がりたい奴が少なからずいるんだ。でもそうやって這いあがっても、また別の権力の亡者に潰されればおしまいだし、食うか食われるかの世界なんだよ、宮廷ってところは」

とピムがハードボイルドな眼差しで言った。

「そ、そうなんだ……」

イリヤは毒気に当てられて口を噤む。

王子様は清らかで悪意や謀略などとは無縁の御方みたいなのに、臣下たちは権力闘争に切った張ったしているなんて知らなかった。

やっぱり王宮は怖いところで、自分にはピムのように慣れることなんてとてもできそうにないし、森で平和に暮らすほうが性にあっている、としみじみ思う。

ひとまず自分の任務は王宮のドロドロとは関係なく、王子様がプチ家出をしないように見張ることだから、いろんな情報に振り回されずに自分のすべきことをきちんとしよう、と己に言い聞かせる。

城内をざっと巡ってから庭園に向かい、ふたりだけで任務の確認をする。

「イリヤ、夜は王子様の寝所で私と同じ籠の寝床で一緒に寝かせてもらえるよう王子様に頼むから、寝ている間も半分神経を研ぎ澄ませて、王子様が不審な行動を取らないか夜ごと注意してほしい。ずっと一人で見張ってたんだけど、一人だとつい寝入ってしまっていざというときに気づけないと困るから、イリヤにも協力してもらいたいんだ」

小動物の習性で、睡眠中の物音や気配には敏感なほうなので、その頼みなら役に立てるとイリヤは笑顔で頷く。

「任せて。あれ、でも、たしか『願いの泉』の魔法は満月の夜だけなんだよね？　見張りって毎日必要なの？」

不思議に思って問うと、

「王子様の性格上、軽い気持ちで家出を決行しようとしたわけじゃないだろうから、満月の夜以外も試してみようとするかもしれないし、別の方法で脱走を図ろうとするかもしれないから、毎日気をつけてないと心配なんだ」

とピムが思案顔で言った。

ピムの忠誠心と献身に、自分も出来る限り協力してあげたいと改めて思い、

「わかった。じゃあ、ピムは先月の満月の夜からずっと寝不足続きで大変だったから、今夜からは僕がしっかり見張りにつくよ。ピムはそんなに気を張らずに寝ていいからね。僕はいままで森でのんきに暮らしてて、体力はばっちりだから。でも次の満月の夜は本命の日だし、一緒に寝ずの番をしよう」

と提案すると、「ありがとう、助かるよ」とピムは肩の荷が半分下りたような安堵の表情で頷く。

「前回の家出未遂から一度も怪しい素振りはないし、本当に諦めてくださったのかもしれないけど、婚礼まであと二回満月が残っているし、ほかの方法を取る可能性もあるから、夜だけじゃなく、昼も王子様が門番や食材の搬入業者みたいな協力者になりそうな相手と密談してたり、城外に通じる秘密の通路を探したり、なにか不審な動きを察知したら、速攻で私を呼んでくれないか」

「わかった」

普段王子様がどんな日常生活を送っているのかよく知らないので、怪しい動きを察するのは難しいが、常識的に考えてなにか変かも、と思ったら迷わず報告しようと心積もりをする。

その日から昼間はなるべく目立たず出しゃばらず、でも王子様が望まれたらお相手に努め、夜はふかふかの敷布が敷かれた籠の寝床の中から隣の寝台で眠る王子様の気配を窺いつつ、うとうとと浅い眠りについた。

王子様は幼い頃から長いつきあいで信頼を寄せるピムの従兄弟ということで、最初からイリヤにも心を開いて好意的に受け入れてくれ、いつも優しく接してくれた。

毎日細かく決められたスケジュールを文句も言わずにこなす王子様の日常は、イリヤから見たら息が詰まりそうに窮屈（きゅうくつ）な生活で、プチ家出したくなるのも無理ないかも、と同情してしまうほどだった。

ただ、イリヤが見る限り、王子様がまだ家出を諦めていないような不審なそぶりはしばらく経っても見受けられなかった。

やっぱりピムもケアリー卿に劣らず過保護だから、王子様がもう本当に家出願望を捨てたのかもしれないのに、勝手に疑っているだけなのかも、とイリヤが思い始めた頃、次の満月の夜がやってきた。

＊＊＊＊＊

ごくかすかに聞こえた衣ずれの音にイリヤはピクリと目を開ける。

王子様の寝台の脇のコンソールテーブルの上で、イリヤとピムは籠の中に寄りそって丸まっていたが、気配に目を開けたのはイリヤだけだった。

王子様は単に寝がえりを打っただけかもしれないから、まだピムを起こさずに様子を見よう、と暗闇の中聞き耳を立てていると、ものすごく慎重に時間をかけて音を立てないように寝台を下りる気配がした。

かなり怪しいけど、まだ小用（しょうよう）の可能性もあるし、と息を詰めて窺っていると、そっと寝間着を脱ぐ気配が伝わってきた。

これで決定だ、とイリヤは籠からパッと身を起こし、

「王子様、こんな時間にお召し替えを？」

となるべく柔らかな口調で問う。

いつもなら飛び起きるはずのピムは、まだ籠の中でぐうぐう眠ったままで、やっぱりなにか

盛られたんだ、と確信してイリヤは王子様を見上げる。

　アシェル王子はひどくうろたえた表情で、

「イ、イリヤ……、どうして起きて……」

と熟睡しているピムに視線を走らせてから、戸惑い顔でイリヤに目を戻した。

「畏(おそ)れながら、王子様、今夜の僕たちの夕食に眠り薬を混ぜたのでは。僕、普段森では自然に近い薄味のものを食べているので、薬みたいな変な味がするとすぐわかるんです。夕食のスープを飲んだら、ピリッと舌に刺さるような気がして、でもピムはぱくぱく食べていたし、宮廷料理の味なのかと思ったんですけど、一口でやめておいたんです。……王子様、やはり今夜、泉に行こうとしていたんですか?」

　声を潜めて問うと、唇を引き結んだアシェル王子はそばまで近づいてきて、籠の縁を掴んで立っていたイリヤをそっと掬(すく)いあげた。

「……ピムが起きるとうるさいから、向こうで話そう」

　そう小声で囁いて、王子様はイリヤを連れてバルコニーに出た。

　手すりにイリヤを下ろし、王子様は夜空を見上げて瞳を曇(くも)らせる。

　イリヤも目を上げると、満月を覆うように黒い雲がかかり、湿った雨の匂いも風に混じり、薄く透ける雲越しに朧月(おぼろづき)がわずかに覗いていた。

「……床(とこ)につく前より雲が増えてるし、やっぱり今夜はダメかな。雲に隠れてても月さえ見えてればなんとかなるかと思ったんだけれど、イリヤにも見つかっちゃったし……」

ごめんね、一服盛って、と済まなそうに詫びられ、イリヤは首を振る。

「……畏れながら、何故そこまでどこかへ旅立ちたいと望まれるのですか？　もしピムに言うなとおっしゃるなら申しません。なにかから逃げたいとか、どうしても行きたい場所があるとか、諦められない強いお気持ちがおありなのでは。その理由を伺って、僕もお味方したいと思えたら邪魔立てはいたしませんから、よろしければ本当のお気持ちをお聞かせ願えませんか……？」

しばらく共に過ごしてアシェル王子に親愛の情を覚えていたので、いまの生活や立場からひととき逃避したいなど、事情如何によってはピムの指示に逆らっても、王子様のプチ家出に協力してあげてもいいという気持ちになっていた。

あとでピムにバレたら絶交されるかもしれないが、いかに側近が王子様のためと思っても、王子様の気持ちを蔑ろにして正論を押し付けるばかりでは王子様が浮かばれないと思った。

じっと見上げて返事を待っていると、しばし黙ってイリヤを見おろしていた王子様は視線を外し、手すりに両肘を乗せて頬杖をついた。

「……イリヤは、恋をしたことある……？」

唐突に問われ、思わず目をぱちくりさせる。

いきなりの話題転換にきょとんとしながら、「いえ、ありません」と正直に答えると、王子様は「そう……」と残念そうに肩を落とす。

なんで急に恋の話なんか、家出の理由をお訊ねしたのに、と戸惑っていると、

「ピムも色恋には無縁だし、ケアリーも男女を問わずモテるのに全然恋愛に関心ないみたいで、身近にこういう話ができる相手がいないんだ。イリヤならもしかしてって思ったんだけど……」

と王子様がため息を吐く。

ピム同様まったく恋愛経験はないが、せっかく王子様が期待してご指名くださったのにがっかりさせるわけには、と焦って「お待ちを」とイリヤは言った。

「実は、僕の母が森で『アント・マイカのお悩み相談室』という相談所を開いておりまして、僕も人様の恋愛相談ならかなりの数を見聞きしております。もし王子様に恋のお悩みがおありなら、記憶を頼りになにかいいアドバイスができるかもしれません」

日頃母を手伝って相談記録の整理をしたりしているので、一応内容が目に入る。

最近あった相談は愛し合うカラスの妻とイモリの夫が肉体的にも結ばれたいが難しいという悩みや、何もかも理想の恋人だと思っていた相手が結婚詐欺師で、ショックで過食が止まらなくなったテントウムシとか、五股かけられていた相手の局所をちょん切る計画が頭を離れないモグラなど、いまひとつ王子様の恋の悩みに役立つ事例はないかもしれないが、精一杯傾聴して応援する気はある。

アシェル王子は軽く目を瞠り、くすりと微笑んだ。

「気持ちはすごくありがたいけれど、恋ができないことが悩みだから、実際に恋をした人たちの悩みはあまり参考にならないかな」

　そう聞いてイリヤは小首を傾げる。

「……王子様は、恋をなさりたいのですか？」

　もうすぐご結婚を控えた身なのに……？　とつい思ったのが顔に出たらしく、

「だって、婚約者の姫君とはお会いしたこともないんだよ？　イリヤだって、結婚式当日が初対面の人と恋できる？　もしお目にかかって心が動かなくても一生添い遂げなきゃいけないし、僕は結婚後に伴侶がいるのにほかに恋の相手を探したりするのは嫌だから、恋をするならいましかないんだよ」

　と王子様が切実な表情で訴えてくる。

「……それはたしかにそうかもしれませんが。では王子様は、魔法の泉に飛び込んで、心から恋しく思える相手のもとへ行くおつもりなのですか？」

　イリヤが確かめると、王子様は赤くなりながらこくんと頷いた。

「うん、もし運命のお相手がどこかにおいでなら、出会ってみたい。一生に一度だけ、ほんのひとときでも構わないから、心から誰かを好きになってみたいんだ」

　王子の身でそんなことを思うのはおかしいかな、と囁かれ、イリヤは小さく首を振る。

　王子様にも心があるのに、勝手に決められた伴侶と生涯添わなくてはならないなんて、もし本人もお相手も惹かれあえなければ、お互いに墓場のような結婚生活になってしまう。

アシェル王子はイリヤがピムのように頭から否定せずに共感的な態度で聞いていることに勇気づけられたようで、計画を打ち明けてくれた。

願いの泉から運命の相手のもとへ行き、心ゆくまで恋をして、また泉に戻ってくれば飛び込んだ当日に戻れるので、その後は潔く結婚して国のために尽くすつもりだと言う。

イリヤは引っ掛かりを覚え、

「せっかく出会えた唯一無二の恋人とお別れしてお戻りを？　その方をお連れして、いまの婚約を解消するほうがよろしいのでは」

と自分の感覚で言うと、王子様は憂わしげな瞳で首を振った。

「僕個人の話で済むならもちろんそうしたいけれど、婚約を破棄してほかの伴侶を娶ったりしたら、ダートシーが黙ってないだろうから、それは無理なんだ。婚約が正式に決まる前にもっと抗うべきだったんだけど……」

「なるほど……」

好きな人と結ばれたいという当たり前の願いも叶わない王子という身分に哀れを催す。

ただこのままなにもせず唯々諾々と結婚するよりは、たとえお別れすることになっても生涯一度の本気の恋をしてみたいという純粋な願いや、きちんと戻って責務を果たすという健気な思いも聞き、イリヤはなんとか後押ししたいという心境になっていた。

「……王子様のお気持ち、よくわかりました。それくらい叶えても罰は当たらないと思います。今夜僕は一服盛られて眠りこんでいてなにも気づかなかったことにしますから、どうぞご予定どおり決行なさってください」

あとでピムにバレたときのことは考えたくないが、これは王子様の人生に絶対必要な冒険だと思えた。

「イリヤ、本当に……？　ありがとう、恩に着るよ！」

王子様がイリヤを両手で抱きあげて額にキスし、急いで支度に戻ろうとしたその瞬間、ポツッと顔に雨粒が当たった。

ハッとふたりで夜空を仰ぐと、月は完全に雨雲に覆われており、ザーッと本降りの雨になる。

慌ててバルコニーから部屋に避難し、窓辺で空模様を見上げながら、

「……せっかくイリヤが味方になってくれたのに、ついてないな。……やっぱり天がやめろと諭してるのかも」

としょんぼり呟く王子様の胸元でイリヤはなんとか励まそうと言葉を探す。

「王子様、まだ夜は終わっていません。もうすこし待っていれば、風が雨雲を払ってまた満月が現れるかも。希望は捨てずに待ちましょう。それにもし今夜がダメでも、まだあと一回チャンスがありますし」

そう言うと、王子様は翳っていた瞳を軽く瞠って笑みを浮かべた。

「そうだね、まだ諦めるのは早いよね。じゃあイリヤ、もうすこし一緒に待っててくれる？」

「もちろんです」と快諾し、ふたりで窓辺に腰を下ろし、雨が止むまで脱走計画について細部を練り直す。

王子様がひとりで考えたプランは抜けが多く、もし今夜が雨夜でなくても早々に衛兵やケアリー卿に見つかって阻止されたに違いなかった。

その晩は結局雨が止まず決行は断念するしかなかったが、次の満月の夜こそ成功できるように、なんとかケアリー卿を城から遠ざける方法を探したり、脱出用のロープの隠し場所や、今夜薬を盛られたから次はピムも警戒して食事に注意するかもしれないので、薬を盛らずにピムを熟睡させる方法など、ふたりであれこれ密談しながら夜を明かした。

途中から話題が逸れて、「運命の相手」はどんな方が理想かという話になり、王子様のお好みは、優しくて思いやりがあり、たとえ王子の肩書がなくても素の自分を認めて愛してくれる人だそうで、「いいですね」とイリヤも同意する。

「きっとその方と出会った瞬間に、胸が高鳴って『この方だ』と天啓のようにわかると思うんだ。恋ってそういうものみたいだから」

「へえ。そういえば僕、ケアリー卿の前だとドキドキ動悸が止まらないのですが、まさか恋の高鳴り……？」

「全然違うよ、それは緊張と恐怖のドキドキで、恋とは別物だよ。恋はもっとロマンチックなドキドキで、ときめきを感じるものなんだよ。その方のほかにはなにもいらないし、片時も離れずにずっとおそばにいたいし、なんでもしてあげたいと思うのが本物の恋だよ。ケアリーと片時も離れずに一緒にいたい？」

「いいえ、まったく」

「ね、だからイリヤも本物のお相手に出会ったら、きっとすぐにわかるよ。ちなみにイリヤはどんな方が好み？　出会いはドラマチックなほうがいい？　やっぱり同じリスがいいのかな」

王子様は誰かと恋の話をするのが初めてで嬉しいらしく、笑顔で矢継ぎ早（やつぎばや）に訊いてくる。

特に理想や好みについて考えたことがなかったので、イリヤは腕を組んで黙考（もっこう）する。

「……そうですね、メイゼルの森ではドラマチックな出会いは期待できないから、現実的には母の紹介とかになるでしょうけど、明るくて笑顔が素敵な方がいいかなぁ。僕のことを好きになってくれるなら、別にリスじゃなくてもいいですけど、体の大きさがイグニスさんみたいに差がありすぎるとちょっと大変だと思うので、手を繋いで一緒に歩けるくらいの方がいいです」

きっといつかはリスかリスに近い小動物と結ばれるのかもしれないな、と思いながら答えた数日後、イリヤは思わぬ事態に巻き込まれ、かなり体格差のある人間の男と、若干ドラマチックな出会いをすることになったのだった。

＊＊＊＊＊

その日の午後、王子様とピムはオーランド殿下のところへ遊びに行き、イリヤはピムの天幕でひとり留守番していた。

二歳のオーランド殿下はちびっこ相撲(ずもう)の横綱(よこづな)級の腕白(わんぱく)な巨大児で、初めて挨拶に行った日に、イリヤを気に入ったオーランド殿下に尻尾を掴まれて8の字に振り回され、アシェル王子がやっと止めてくれたときには気絶寸前になってしまい、以降オーランド殿下のご機嫌伺いにはイリヤは行かなくていいとアシェル王子が気遣ってくれた。

イリヤがオルゴールをかけながらハンモックに揺られてまったりしていたとき、ピカッと天幕の外が光り、

「イリヤ、寛(くつろ)いでいるところ相済まぬが、すこし私用を頼みたいのだが」

とケアリー卿の声がした。

イリヤはびくっとして跳ね起き、急いでハンモックから飛び降りて天幕からまろび出ると、ケアリー卿が無表情に立っていた。

「……ケアリー卿、私用とおっしゃいますと……？」

もしやまた一発芸を見せろとか言いだすのでは、とおののきながら窺うと、

「すぐ済むゆえ、私の部屋へ来てもらえぬか」

とイリヤの返事も待たずに掌に乗せ、一瞬で空間移動した。

部屋のあちこちにアシェル王子の各年代の愛らしい肖像画がいくつも飾られた私室に連れてこられ、やや感想に窮していると、中央のテーブルの上に下ろされた。

そこには蝶番で蓋が閉まる木箱が開いた状態で置かれ、中には新品の産着や木製の玩具やガラガラなど赤子用の品々がたくさん入っていた。

ケアリー卿は独身で恋人もいないはずだけど、誰の赤ちゃんのものだろう、と首をひねっていると、ケアリー卿が言った。

「実は、北の庄に嫁いだ私の妹がもうすぐ臨月でな。我がフォートラム一族はみな魔法使いなのだが、女性は妊娠中だけ魔力が弱まってしまう。妹の夫もただの人間ゆえ、赤子を迎える支度を魔法抜きですべて用意するのは大変だろうから、すこし送ってやろうと思ってな」

「なるほど、それでこちらを。妹様もさぞかし喜ばれるでしょうね」

王子様以外には面白いほど素っ気ない人だけど、さすがに妹さんには優しいんだな、と思っていると、

「それで、木の玩具だけでなく、赤子が好みそうなぬいぐるみも用意しようと思い、先日オー

ランド殿下がひと目でそなたを大層お気に召していたのを思い出し、リスのぬいぐるみを作ろうと思ったのだが、正確に再現できるように細部まで観察させてもらいたいのだ」

と無表情にイリヤを見おろしながら言った。

その言葉で8の字に振りまわされた記憶がめまいと共に蘇り、自分に似せたぬいぐるみもいずれあんな目に遭うんだろうか、と哀れになったが、嫌とも言えずに承知すると、耳の中や尻尾の裏まで遠慮なくまじまじと凝視される。

ちょっとリスの人権を無視しすぎでは、と大股を開かされて抗議しようとしたとき、ケアリー卿は「よし、参考になった」とイリヤをテーブルに戻した。

人差し指の爪だけ黒く、ほかは白い爪の右手をスッと振った途端、ポンと目の前にイリヤそっくりの等身大のぬいぐるみが現れ、

「わっ、すごい……！」

と思わず目を瞠って叫んでしまう。

まるで鏡を見ているような仕上がりに感心して顔を寄せて眺めていると、扉がノックされ、

「失礼いたします、御依頼のものをお持ちいたしました」

と侍女の声が聞こえた。

ケアリー卿はその場に立ったまま指の動きだけで扉を開く。

中に入ってきた侍女が両手で捧げ持った精緻なレース編みのおくるみを受け取り、

「これは素晴らしい出来栄えだな。とても丁寧で美しい。妹も喜ぶだろう。編み物が得意なそなたに頼んで正解だった。礼を申すぞ」

と一瞬だけかすかに笑みを浮かべたケアリー卿に、侍女はぼっと頬を紅潮させる。

「め、滅相もない、過分なお言葉にございます……」

恥じらう侍女の姿に、以前王子様がケアリー卿はモテると言ったとき、本当に⁉　と内心疑ってしまったが、嘘じゃないみたいだ、とひそかに納得する。

「ケアリー卿、つい今しがた指物師部屋の前を通りましたら、親方からゆりかごの透かし彫りのことで確認したいことがあるので、お手すきのときにお越し願いたいと言伝をあずかりました」

　侍女が伝言を告げて退室すると、ケアリー卿はイリヤに目を戻した。

「イリヤ、そなたのおかげで可愛いものができた。協力に感謝する。もしピムにモデルを頼んでいたら、きっと顔つきに小賢しさと小生意気さが滲み出たぬいぐるみになっただろうからな。私はこれから指物師部屋に参るが、そなたはピムの天幕に戻してやろう」

　スッと右手を上げたケアリー卿にイリヤは急いで「いえ、それには及びません」と首と手を振る。

　元々魔法での空間移動に慣れておらず、前回城への送迎の御礼にイグニスに黄金のぶどうを届けてほしいとピムに頼まれて運んでいたとき、通りかかったケアリー卿が善意で厩舎に一瞬で送ってくれたが、着いた場所が入口で日向ぼっこしていた野良猫の目の前で、驚いた猫に「シャーッ！」と威嚇されて腰を抜かしそうになったので、自力で歩いて戻るほうが安心だった。

「近くなので自分で帰ります。ケアリー卿もどうぞ指物師部屋のほうへ」

「そうか、では」と頷いてケアリー卿は一瞬で目の前から消えた。

　イリヤはテーブルの脚を伝って床に下りながら、まさかあのケアリー卿に「可愛いリス」のモデルを頼まれるとは思わなかったな、恥ずかしいポーズで隅々まで観察されて屈辱だったけど、一応ちゃんと御礼も言ってくれたし、と微笑する。

　絨毯の上を四つ足で走って扉の猫用の出入り口から廊下に出ようとしたとき、ふと書棚と壁の間に赤く塗られた丸いどんぐり大の玉が落ちているのに気づく。

　ケアリー卿自身の私物には見えず、たぶん赤ちゃん用の玩具の一部が落ちて転がってしまったのではと思われた。

　このまま気づかれずに部品が欠けたまま送られてしまったら、赤ちゃんがちゃんと遊べないかもしれないから、箱の中に戻しておいたほうがいいかも、と隙間に入って拾い上げ、ちょっと迷ってから口を開けて頬袋に詰め、もう一度テーブルの上まで駆けのぼる。

　箱の角に両足で跨いで立ち、一番上にあるレース編みのおくるみの上に置いておけばケアリー卿も気づくはず、と口からおくるみの上にポトンと赤い玉を落とす。

上から見おろすと、自分の唾液で玉が濡れて光っており、一応唾を拭いておくべきかも、とぴょんと中に飛び下りる。

せっかくの侍女の力作のレース編みで拭くのは憚られ、布おむつの端で拭かせてもらおう、とイリヤはおくるみの下に潜り込み、産着やおむつが層になって積まれた箱の隙間に玉を持って下りる。

どれがおむつか探していたとき、また頭上でピカッと光が射したのがおくるみ越しにわかった。

ガタンと床に大きなものを下ろす音もして、

「……イリヤはもう帰ったようだな。さあ、これで送るものはすべて揃った。おっと、これを忘れずに入れないと」

というケアリー卿の声と共におくるみの上からリスのぬいぐるみを置かれ、バタンと蓋を閉められ、留め金を掛けられる。

イリヤは（えっ）と目を剝き、真っ暗になってしまった箱の中で必死に上のおくるみをどかして頭を出し、

「ケアリー卿っ、僕がまだ中にいますっ……！」

と叫んだが、「これらを我が妹キアラのもとへ！」という声と重なって相手の耳には届かず、イリヤはそのまま王都からはるか彼方の極寒の地へと一瞬で飛ばされてしまったのだった。

＊＊＊＊＊

「まあ、お兄様から贈り物が。赤ちゃんのものみたい。ありがたいわね」

「素敵なゆりかごでございますね。またケアリー卿(きょう)ご本人はお見えにならず、贈り物だけなのですね」

「仕方ないわ。お兄様は王子様のそばを離れると禁断症状で蕁麻疹(じんましん)が出ちゃうから」

「まことでございますか」

「冗談よ、そこまでじゃないと思うわ、まだ」

きゃらきゃらと笑うふたりの女性の声が箱の外から聞こえ、イリヤはなにがどうなっているのかわからず慌てふためく。

上蓋(うわぶた)の隙間から洩れるかすかな光を頼りになんとか産着(うぶぎ)と玩具(おもちゃ)の山をよじ登り、留め金の裏あたりから外にいる相手に向かってイリヤは話しかけた。

「すみません、中に閉じ込められてしまったので、どうか出していただけませんか？」

イリヤの声に片方の女性が「ひぇっ⁉」と驚いた声を上げ、

「キアラ様、中になにかいます」

「ええ、聞こえたわ。小人か妖精かしら」

ともうひとりが返事をしながら留め金を外す気配がして蓋が開いた。

パッと明るくなった視界にふたりの見知らぬ女性の顔が見え、イリヤは交互にふたりに目を走らせながらごくりと唾を飲み、縁につかまっておずおず頭を下げた。

「……あの、初めまして、驚かせてすみません。僕も驚いているのですが、こちらはケアリー卿の妹様の御宅でしょうか……？」

こちらを見おろしているのは若く美しい妊婦とすこし年かさの侍女らしき女性の二人組で、妊婦のほうはケアリー卿と同じ白銀の髪だったので、たぶん間違いないと思いながら確かめる。

妊婦の女性は美貌の兄と面差しが似ているが、醸し出す雰囲気はまるで違い、ほがらかな笑みを浮かべて頷いた。

「そのとおりよ。私はキアラ、こちらはホリーよ。あなたは兄からの贈り物ね？　嬉しいわ、なんて可愛いんでしょう。しゃべるリスなんて赤ちゃんもきっと気に入るわ。名前は何にしようかしら」

はしゃいだ声で箱から抱きあげられ、イリヤはぎょっと焦って首を振る。

「ちょ、お待ちくださいっ、違うんです、僕は贈り物のペットじゃなく、いまは王子様の側仕えでイリヤという名前もあります……！　僕以外のものはすべてケアリー卿からキアラ様への贈り物ですが、僕は間違って送られてしまっただけなのです……！」

　必死に訴えると、キアラは目を瞬き、「……どういうこと？」と軽く眉を寄せる。

　イリヤが経緯を懸命に説明すると、キアラとホリーはうっすら苦笑を含んだ同情を示した。

「……それはひどい目に遭ってしまったわね。せっかく親切に玩具を拾ってくれたお返しがこれなんて、お兄様も見かけによらず雑なところがあるから、イリヤにはいい迷惑だったわね。兄に代わって謝るわ。……でも、困ったわね。魔法が使えたらすぐにお城に戻してあげられるけれど、いまの私には無理なのよ」

　おなかに手を当てて済まなそうに告げられ、妊娠中の女性は魔力が弱まるという話を思い出す。

　イリヤは魔法での帰城を諦め、

「わかりました。では歩いて帰りますので、お手数ですが、お城までの地図を描いていただけないでしょうか」

　と頼むと、ふたりは目を丸くした。

「ここから歩いて戻るなんて、とんでもないわ。普通の人間だって魔法抜きで山を越えるのは難しい北の果てなのよ。馬も通れない万年雪で閉ざされた険しい山脈が幾重にも連なる難所のうえ、もうすぐ雪が降る季節だし、リスがひとりで山越えなんて死にに行くようなものよ。もし奇跡的に無事に山を越えられたとしても、さらに都までリスの足なら何ヵ月もかかると思うわ」

「……え」

そんな最果ての地に飛ばされてしまったと初めて知り、イリヤは愕然とする。

真っ白に固まるイリヤにホリーが慰めるように言った。

「大丈夫ですよ、決死の山越えなどしなくても、ケアリー卿や王子様がイリヤさんの不在に気づいて探してくださるはずです。それまでの辛抱です。イリヤさんが贈り物の箱に入っていたことは誰も知りませんから、ここにいると突きとめるのに多少時間はかかるかもしれませんが、きっと二、三日で見つけてくれるに違いありません」

キアラも頷いて、

「そうね。もし故郷の森に帰ったのかと見当違いな場所を探していてなかなか見つけてくれなくても、私の予定日が三週間後だから、出産したら魔法ですぐに戻してあげるから、安心していいわ」

と優しく請け合ってくれた。

「……おふたりとも……ありがとうございます……！」

絶望のどん底から光射す言葉をくれたふたりが女神のように見え、思わず両手を組んで嬉し涙で潤んだ瞳で見上げると、なぜかふたりの様子がそれまでと一変した。

　息を止めてどこか痛いところでもあるかのような形相で歯を食いしばっていたかと思うと、先にキアラが叫んだ。

「もうだめ！　こんなキラキラしたつぶらな瞳を見たら我慢も限界よ！　可愛すぎるわ！」

「まさにまさに！　『ぴるぴる』という擬音が確かに聞こえた気がいたしました……！」

　ホリーも食いつくように叫んで、ふたりで手を取り合い、

「もうこの小さい爪とかちょっと口を開けたときにピンク色の三角に見えるのも最高に可愛いわ！」

「耳から尻尾の先まですべてが『可愛い』という言葉のために造形されたような姿かと！」

　と大興奮で盛り上がるふたりに呆気に取られる。

　さっきまで普通に話していたのに一体なにが、と驚いていると、

「ひと目見たときからずっと可愛い～！って悶えたかったのに、兄の手違いだったから騒ぐのは不謹慎かと思って必死に堪えてたのよ」

「私もキアラ様が落ち着いておいでなのに、私だけキャーキャー言うわけにもいかず……、でも実はふたりともメロメロでしたね！」

　とひとしきり騒ぎ、やや落ち着きを取り戻してからキアラが言った。

「イリヤ、あなたがここに来たのもなにかの縁だし、お城から迎えが来るまでうちでゆっくり

待つといいわ。一応私からもあなたがこちらにいるという手紙を兄に出しておくわね。伝書鳩(でんしょばと)に託(たく)すから、数日がかりになるけれど、手紙が届くのが早いか、兄たちが気づくのが早いか、どちらにしても早晩(そうばん)迎えが来るでしょうから、それまで私たちに思う存分愛(め)でさせてちょうだい」

愛(いと)しげに頭を撫でられ、いままで生きてきた中で一番たくさん「可愛い」と言ってもらえて悪い気はしなかった。

それにきっとピムや王子様が置き手紙もなく失踪(しっそう)するなんておかしいとすぐに探してくれるはず、と信じられたので、イリヤはキアラの厚意(こうい)を受けいれることにした。

「キアラ様、ホリー様、ありがたいお申し出に感謝します。恐縮ですが、しばらくお邪魔させていただけると助かります」

ぺこりと頭を下げてから見上げると、

「もうっ、その大きな黒目でぴるぴる見られると可愛すぎて産気(さんけ)づいちゃうじゃない」

「このぬいぐるみだけでも可愛いのに、生きて動くぬいぐるみ級の本体が一緒だなんて、もう私はしばらく仕事が手につきません」

とふたりにかわるがわる頬ずりされる。

滅多(めった)によそからの客人が訪れることもない北の庄に遣わされた新しい娯楽として、イリヤはキアラとホリー、キアラの夫の気象学者のジリアンにちやほやされ、とんでもない手違いで飛ばされた割にはホームステイに来たかのように歓待されたのだった。

＊＊＊＊＊

「イリヤ、ほら、外を見て。初雪よ。メイゼルの森は常秋で、雪は降らないんでしょう？」

翌日の午後、窓辺の揺り椅子で編み物をしていたキアラがイリヤに声をかけた。

「えっ、雪？　初めて見ます……！」

暖炉の炎が揺れる様を興味深く眺めていたイリヤは急いで窓の桟までよじ登り、硝子に顔を貼りつけるようにして灰色の空から降ってくる雪を見上げる。

「……なんだか、思ったより黒くて灰みたいなものなんですね、雪って」

もっと綿のようなものを想像していたので、期待が外れてがっかりした声で冷たい硝子から身を離すと、

「空がくすんだ色だからそう見えるだけで、白くてよく見ると綺麗な結晶になっているのよ。

もっと積もって一面銀世界になったところをイリヤにも是非見せてあげたいわ。紅葉の森にも劣らない静謐な美しさがあるのよ」

とキアラが地元民として雪の魅力を熱く語る。

「寒さと雪かきの苦労を抜きにすれば、雪景色はたしかに美しいですね」とホリーも言い、イリヤはもっと近くで雪を見てみたくなる。

近日中にお城から迎えがあるだろうから、ここにいられるのもあとわずかだし、故郷の森に帰ったら雪を堪能することは一生できないので、この機会に実物を体感したかった。

「キアラ様、すこしだけ外に出て雪を触ってきてもいいですか?」

すでに足を扉に向けながら問うと、キアラは微笑して頷き、

「いいわよ。ちょうどこれが出来上がったところだから、風邪を引かないように巻いていきなさい」

と編みあがったばかりの小さな赤いマフラーをイリヤの首に巻いてくれた。

赤ちゃんのものを作っているとばかり思っていたので、自分のために編んでくれたのかと感激して、「ありがとうございます……!」とまた潤んだ瞳で見上げると、

「だから、そんなきゅるんとした顔をされると、頭から齧りたくなるでしょ。早く行ってらっしゃい。でも庭先だけで、森のほうまで行ってはダメよ。まだ冬眠してない熊やグァンピーが麓に下りてきているかもしれないから」

と忠告された。

最初から庭先しか行かないつもりだったので、

「大丈夫です。ちょっとそこまで行くだけですから」

と返事をし、ホリーが開けてくれたドアからマフラーを翻して外に飛び出す。

この地に住む者ならまだ序の口の寒さなのだろうが、あたたかな部屋から一気に氷点下の外気に触れ、ぶわっと毛を膨らませてマフラーに鼻まで埋める。

まだ降りはじめで地面に吸い込まれていく雪を眺め、やはり白いことや、庭の黒い石の上に落ちた雪をよく見ると美しい結晶になっているのを自分の目で確かめる。

手で触れたり、口にも入れて冷たさを味わい、雪を五感で楽しんでいたとき、上空からビュウッと風を切る音がして、一瞬影が差したと感じた瞬間、グワッと鋭い爪で胴を掴まれて一気に宙に吊りあげられた。

「ひ、うわーッ！」

猛禽類に襲われたのは初めてで、なにが起こったのか一瞬わからなかった。

森の上空を猛スピードで飛ぶオオタカの大きな翼が視界に映り、爪が身に食い込むほど強い力で鷲掴みにされ、痛みと恐怖と圧迫感で息も出来ない。

首を押さえ込まれて上も向けないが、イリヤは必死にオオタカに叫んだ。

「どうかお願いですっ、僕を食べないでくださいっ！　僕が死んだら母が悲しむし、ピムも自分が王宮に呼んだせいだと嘆くだろうし、ケアリー卿も自分の不注意でこうなったと少し気にするかもしれないし、キアラ様も衝撃を受けて早産しちゃうかもしれませんっ！　あなたにはただの餌にしか見えないでしょうけど、こんな僕でも待っててくれる人がいるから、絶対生きて帰らないといけないんですっ！」

　じたばたと掴まれたまま身を捩って訴えたが、共通語が通じないのか、通じても聞く気がないのか無視された。

　イリヤは唇を噛み、もうダメ元で下界に向かって叫んだ。

「誰かーッ！　オオタカに攫われて死にそうなんですっ！　心ある方がいたら、どうか助けてーッ！」

　巣に連れていかれたら一巻の終わりなので、きつい拘束の中絶叫する。

　眼下にはうっすら雪化粧した針葉樹の木立しか見えず、味方になってくれそうな誰かがいるのか見当もつかず、

「神様ー！　まだ人生なんにもしてないのに食われて終わりは嫌なんですーッ！　どうか命だけはーッ！」

　と涙と鼻水でぐしゃぐしゃな顔で叫んだとき、どこからかビュッと石の礫が飛んできて、バシッとオオタカの腹に命中した。

「キィーッ！」と叫んで宙でもんどり打ったオオタカは弾みでイリヤを取り落とし、イリヤは

そのままひゅーっと地上に向かって直線に落下する。

「ひ、ひやああああっ！」

必死に周りの木に飛びつこうとしたが届かず、メイゼルの森の木々より背の高い針葉樹の間を急降下する。

獲物を逃がすまじと突進してくるオオタカの眼光が一気に迫り、思わず目を瞑ったとき、下に出っ張っていた枝にぶち当たり、鞭で強打されたような痛みに「痛っ」と叫んだ瞬間、バットに当たった球さながら弾き飛ばされ、イリヤに当たってしなった枝の先が上から追ってきたオオタカの顔をしたたかに打った。

「ピギーッ！」と痛そうな悲鳴をあげ、ようやくオオタカはイリヤの追跡を諦めて上空へと去っていく。

猛禽の追撃を逃れて安堵したのも束の間、まだ墜落死の危機は去っておらず、地面に激突するまであと三秒というところでマフラーが低木の枝先に引っ掛かり、「ぐえっ」と首を締められて宙にぶらさがる形で身が止まった。

自分の全体重が首にかかり、顔を真っ赤にして必死に首元に両手を入れて息を確保し、なんとか枝からマフラーを外そうと身を揺らしたとき、ボキッと枝が折れ、ヒュウッと落下してボトッと地面にうつ伏せに落ちる。

「い、痛た……」

全身ボロボロの満身創痍だったが、痛みを感じるということは生きている証だし、鷹の餌食も墜落死も縊死も免れた……！　と己の強運を噛みしめた一瞬後、「アオンッ！」と耳をつんざく吠え声と共に、こちらに激走してくる重量級の足音が聞こえ、ハッと振り向いたときには大きな牙のある獣の口にバクッとひと飲みされていた。

せっかく助かった直後に暗くぬめる熱い洞窟のような獣の口に閉じ込められ、イリヤは恐怖のあまり失神した。

＊＊＊＊

「……あれ？　まだ死んでない……？」

イリヤはぼんやり目を覚まし、目を動かしてあたりを見回しながら呟く。

てっきりグァンピーのような怖ろしい獣に食べられて昇天したと思っていたが、どうも天国ではなさそうだった。

キアラの家と同じような丸太作りの人間の家で、キアラの家よりもだいぶ小さく、家具も質素で、猟銃や薪など必需品は目に入るが、住人の人となりがわかるような装飾品の類は一切なく、ピムの天幕よりも物が少なかった。

人間用の寝台の上に剝いだままだ加工していない獣の毛皮を丸めた寝床に寝かされており、暖炉には火が入ってあたたかいのに、寒々しい印象の殺風景な部屋だった。

ここは誰の家なんだろう、もしかして住まいじゃなく猟師の仮小屋なんだろうか、などと思いながら身を起こした途端、ズキッと全身に痛みが走り、息を止める。

身体に目をやると、首と胸と両腕と左足首に薬の匂いのする白い布が巻かれており、怪我の手当てがしてあった。

そういえば夢うつつに青い瞳の男の人が獣の口から助けてくれた気がしたが、夢じゃなく本当にあの人がここに連れてきて手当てをしてくれたんだ、と感激に目を潤ませ、いくら感謝してもしたりない大恩人に早く御礼を言いたいと思ったとき、

「起きたか」

と素っ気ない呟きが聞こえた。

夢の中で聞いた優しい声と若干印象が違う気がしたが、たぶんこの人が命の恩人だ、と声のしたほうに顔を向け、

「助けてくださってありが……」

と礼を言いかけたイリヤの目に、黒髪の人間の男性の傍らにいる、さっき大口を開けて自分を齧った獣の姿が映り、思わず目を剝いて悲鳴を上げる。

「い、いやーッ、やめて、こっち来ないで、どうしてまたグァンピーが……僕なんか小さすぎて食べでがないから食べないでっ……！」

咄嗟に両手と尻尾で頭を守り、必死に逃げようとしたが、傷が痛んで動けず、その場で涙目で震えていると、

「……やっぱり、人語を話すリスなのか。この森のリスにはそんな芸当はできないのに、森じゅうに響くような声で命乞いしてる奴がいるから、なんとなく無視できずに仏心を出しちまったんだが」

と頭上からぼそっと愛想のない声が降ってくる。

いまひとつ渋々助けたような口ぶりに恩人への感謝が軽く目減りしたが、助けてくれたことには変わりなく、

「……あの、ありがとうございました。僕はメイゼルの森の出身で、そこのリスはみんなリス語と共通語と人語が話せるんです。……その大きいグァンピーは、あなたが飼っているんですか……？」

もしこの獣の飼い主なら、助けたのは善意ではなく、もっとまるまる肥えさせてから妖獣の餌にする気で一旦助けただけかもしれない……、とガタガタ震えながら目を合わせないように

して問うと、獣が不服そうに「ガオン！」と野太い声で吠えた。

ビクッとイリヤが身を竦(すく)めると、男の手が獣の首をなだめるように撫でるのが目の端に映る。

「クーストースはグァンピーじゃない。ハスキー犬だ。とても利口(りこう)な犬で、さっきは地面に落ちたおまえを見つけて俺のところに運んでくれただけで、別に食おうとしたわけじゃない」

素っ気ない声で訂正する主人の傍らで、顔の部分の毛だけが白く、ほかは耳から尻尾まで真っ黒ないかつい顔立ちの犬が（その通りだ）という表情で頷く。

「あ……そ、そう、だったんですか……」

たしかにそう言われれば、丸飲みはされてても咀嚼(そしゃく)はされてないかも、とオオタカの爪でえぐられた傷と打撲(だぼく)以外、噛み傷は増えていないことに思い至る。

じゃあ思いこみで失礼なことを言ってしまった、とイリヤは慌ててふたりに頭を下げた。

「す、すみませんでした、助けていただいたのに、ひどい勘違いを……。故郷の森にはリスの天敵がいないので、グァンピーもハスキーも見たことがなくて、つい取り乱してしまって」

おずおずハスキー犬を窺うと、（わかればいいけどよ）と言いたげな目で見返され、中身は顔ほど怖い犬ではないのかも、と思いながらもう一度頭を下げる。

飼い主にも改めて目を向けると、意外にも端整な面差しのまだ若い男性だった。

命の恩人に対して「意外にも」などと言っては失礼だが、肩より長く伸ばした髪を無造作に革紐(かわひも)で縛(しば)り、無精髭(ぶしょうひげ)も生(は)やした無愛想な人なので、出会い頭(がしら)にチラッと一瞬見ただけではもさっとした山男のような風貌かと思ったが、落ち着いてよく見ると吸いこまれそうな青い瞳のかなりの美男だった。

やっぱり夢うつつに見た恩人の瞳と同じ色だ、とトクンと鼓動が揺れる。

……この人はここに犬とふたりだけで住んでいるんだろうか、この地の生まれなのかな、仕事は猟師や樵なんだろうか、もっと髭を剃ったりちゃんとすればすごくかっこよくなりそうなのに、あんまり身なりにこだわりがないタイプなのかな、名前はなんていうんだろう、年は二十代の後半くらいに見えるけど、いくつなのかな、などと次々知りたいことが湧いてくる。

普段の自分はすこし人見知りで、初対面の相手に自分からぐいぐい知り合いになりにいくほうではないが、この命の恩人とはもうすこし知りあってみたい気がした。

イリヤは傷を庇いながらそろそろと身を起こす。

「あの、申し遅れましたが、僕はイリヤと言います。しゃべるリスが物珍しいという理由でも、命を救ってくださって、手当てもしてくださって本当にありがとうございました。元気になったら必ず恩返しをしますから」

さっき気絶寸前に誓ったことを改めて告げると、相手は感情が読みにくい面にうっすら微笑に見えなくもない表情を浮かべた。

一瞬で消えてしまったかすかな笑みにふるっと胸の奥が震え、トクトクと鼓動が速まる。

初対面の人に対する人見知りの緊張とも、ケアリー卿を前にしたときの動悸とも違う、誰にも覚えたことのない甘やかな動悸に戸惑い、アシェル王子にこのドキドキはなんのドキドキか聞いてみたくなる。

「ほんとによくしゃべるおかしなリスだな。別に気まぐれで助けただけだし、ちっこいリスの恩返しなんて期待してないから、なにもしなくていい。それより、なんか食えそうか。食ったほうが早く体力が戻るだろうし、人間と同じものでも食えるなら持ってきてやる」

彼が右手の親指で背後を指しながら言った。

相手の身体で視界が塞(ふさ)がっているのでよく見えないが、奥に台所があるらしく、スープのいい香りが漂っていることに気づく。

匂いと言葉に食欲を刺激され、

「ありがとうございます、いただきます。なんでも大丈夫ですし、このくらいで結構です」

と自分の両手で食べられそうな量を示すと、彼は軽く頷いて、

「じゃあイリヤ、ちょっと待ってろ」

と台所のほうに向かった。

相手の声で呼ばれた自分の名前がなにか特別な言葉のように耳に響き、また意味不明の動悸を覚える。

気まぐれで助けたと素っ気なく言いながら、わざわざ布を細く裂いて包帯を巻いてくれたり、食事を用意してくれたり、つれなそうなそぶりで親切にしてくれる相手に、さっきから自分の

胸がおかしな反応をしている。

　これはどういうことなんだろうと自問しながら相手の背中を目で追っていると、

「……おまえ、どうやらご主人様に惚れただろう」

　とまだ枕元にいたクーストースがぼそりと言った。

「えっ、惚れ…？　そんなまさか……ていうか、あなた共通語をしゃべれたんですか？」

　言われた内容もさることながら、さっきまで「ガオン」など吠え声しか立てなかったハスキーに話しかけられ、イリヤは驚いて目を剝く。

　クーストースは強面(こわもて)の三白眼(さんぱくがん)でイリヤを見据(みす)えながら頷き、

「うちのご主人様は静寂を好まれるから、目の前で俺たちがぺちゃくちゃ話すとうるさがると思って控えてたんだよ。とにかく、悪いことは言わないから諦めな。そもそもご主人様は厭世(えんせい)家(か)で人嫌いだし、いくらリスが片想いしても叶う相手じゃないからな」

　としたり顔で諭(さと)され、イリヤは困惑して口を噤(つぐ)む。

　惚れるとか片想いとか、会ったばかりでそんなことありえないし、ただ命の恩人として感謝しているだけだし、と心の中で弁解していると、恩人の彼が人間用の木の器(うつわ)に匙(さじ)を差してこちらに戻ってきて、イリヤがいる寝台の脇に椅子を引き寄せて掛けた。

「小さい匙がないから、うまく飲めよ」

　人間用の匙に中身を掬(すく)いながら言われ、イリヤには大きな杯(さかずき)くらいに見える匙と相手の顔を

見上げ、食べさせてくれる気なんだ、とそわりと胸が震える。

男でもジリアンのように進んで小動物に構いたがるタイプもいるが、この人はそうじゃないみたいなのに、嬉しくありがたく思う反面、手間をかけさせて済まない気持ちも湧いて、

「あの、すいません、お手数を……」

と詫(わ)びると、

「いいから黙って食え」

と素っ気なく言いながらも、軽く息を吹きかけてから匙を口元に差し出してくれ、また胸の奥がトクトクとうるさく騒ぐ。

なぜこんなに胸がそわそわふわふわするのかわからず、こんな挙動不審な態度を取ると、横にいるハスキーにまた変なことを言われてしまう、と内心焦る。

匙を見つめていつまでも緊張していたら彼にとろい奴だと思われそうで、意を決して匙の端に口をつける。

とろみのあるクリーム色のスープをこくっと一口飲むと、キノコや炒めた玉ねぎの味のするあたたかいスープが臓腑(ぞうふ)に沁(し)み渡っていく。

イリヤは嚥下(えんげ)してからほうっと吐息を零し、

「……美味(おい)しいです……。生きててよかったって思いました……」

さんざん死の恐怖や激痛を味わったあとのご褒美(ほうび)のような滋味(じみ)に、しみじみと実感を込めて

呟くと、彼はまたかすかに苦笑めいた表情を浮かべる。

「おおげさな奴だな。いいから早く食って寝て、さっさと怪我を治して住処に帰れ。うちに静けさを返してくれることが一番の恩返しだ」

つけつけと愛想なく、でも言葉ほど邪険な様子ではなく言いつつ、大きな匙を丁度いい塩梅に傾けて、イリヤの口にどばっと入らないように気をつけながら飲ませてくれる。

やっぱりこの人は、面と向かっては素っ気ないけど、根は優しい人に違いない、とイリヤは確信する。

「怪我を治して早く帰れ」ということは、怪我が治るまではここにいていいということかな、とひそかに胸が弾んだ直後、「住処」と言う言葉で脳裏にキアラの顔が思い浮かんだ。

イリヤはハッとして、

「あの、僕、いまキアラ・フォートラム・ディグリー様の御宅でお世話になっているんですが、きっと心配していると思うので、無事を伝えたいのですが」

と言うと、彼は思い当たるような顔で頷いた。

「ジリアンのところか。それなら森の向こうだから、食い終わったら送ってってやる。奥方は魔女だから、さっさと治してもらえ」

「えっ……」

怪我が治るまで一緒にいさせてくれるのかと浮かれた途端に帰されることになり、内心残念に思う気持ちが否(いな)めなかった。

元々招かれざる客で、キアラたちの家に帰るのが筋だし、お城からの迎えだって待っていなければならないからここにいさせてもらうのは無理だとわかっているのに、心が沈む。

キアラはいま懐妊中(かいにんちゅう)で魔力が弱いから、きっと向こうの家に戻っても治してもらえないし、ここで安静にしていてはだめかと頼みたい気持ちが湧いたが、初対面の縁もゆかりもない相手にそこまで厚かましく頼ることはできない。

自分でもなぜキアラたちのようにわかりやすく優しくちやほやしてくれるわけでもない素っ気ない人間と怖い顔の犬のいる場所にまだいたいのか理由がわからず、せめてこれでお別れならゆっくり食べよう、とすこしずつ飲みこむ。

見おさめに相手の顔を目に焼きつけたかったが、凝視(ぎょうし)すると変に思われそうで、代わりに匙を持つ大きな手を見つめてスープを飲んだ。

食事を終えると彼は上着を着込み、毛皮の帽子と手袋を身につけ、イリヤをそっと抱え上げて寒くないように懐(ふところ)に抱えながら外に出た。

昨日の初雪がうっすら残り、鼻先がひんやりする森の中を相手の懐に守られながら家に向かう。

もし好きな人ができたら一緒に手を繋いで歩きたいと思っていたが、こんな風に懐に入れてもらって歩くのも捨てがたいかも、とふと思い、いや、別にこの人は好きな人じゃないし、自分の好みは明るくて笑顔が素敵なリスもしくはリスに近い小動物で、この人は全然違うし、と焦って否定しつつも、さっき見たかすかな微笑に胸が震えたことを思い出す。

このままキアラの家に戻って、お城からの迎えも来たら、もうこの人とは会えなくなるんだなと思ったら、釘でも飲みこんだように胸が痛くなる。

……こんな気持ちになるなんて、やっぱりクーストースの言う通り、この人を好きになってしまったんだろうか……。

人見知りには一番ハードルが高い無表情でつっけんどんな人だけど、助けてくれたときは優しかったし、絶対いい人だと小動物の勘で感じるし、このまま元の場所に戻って一生関わらずに終わるなんて残念すぎる。

昨日赤いマフラーを巻いて雪を見に行ったときの無邪気な自分と、この人に出会ったあとの自分はどこか違う気がするし、それが初恋を知ったからだと言われたら、そうなのかもしれないと思った。

でも、もし本当に恋をしたとしても、リスと人間が結ばれるわけないし、最初から失恋決定だ……、としょんぼりし、いじけた顔を隠そうとマフラーを引きあげようとして、ふと首にマフラーがないことに気づく。

「あの、すみません、助けてもらったとき、僕、マフラーをしてませんでしたか……？」

もしかしたら最後に木に引っ掛かって落ちたときに、マフラーだけ枝に残ってしまったのかも、と焦って問う。

不可抗力でも、せっかくキアラが編んでくれたものを一日で失くしてしまったのかと心苦しく思っていると、

「ああ、そういやしてたな。傷を診るときに外して、その辺に置いてそのままだ。捨ててはいないから、あとでジリアンに渡しておく。ただ、鷹の脚や枝に引っ掛けてちょっと穴開いてたぞ」

と彼が歩きながら言った。

あとで返されても、もしそれまでに迎えが来たら受け取れないし……、としばし考えてから、イリヤは懐から相手を見上げ、遠慮がちに言った。

「あの、返さなくていいので、よかったらあなたが持っていてくれませんか？　きっと幸運のお守りになると思うんです。だって、鷹に狙われても、空から落とされても死ななかったし、絶対御利益があります。それにあなたの部屋は茶色や黒ばっかりで明るい色がないから、あれをドアノブとか、瓶の首とかに蝶結びしておけば、そこだけ赤い花が咲いたみたいに明るく可愛くなると思うんです。リボンみたいにすれば穴も目立たないし、助けてくれた御礼にもらってもらえないかと……」

命の恩人にはもっと別の贈り物をしたかったたし、キアラにも詫びなくてはならないが、いまは贈れるものがそれしかなく、なんでもいいから自分がいたと爪痕を残せるものを彼に渡した

かった。

彼はイリヤを見おろし、

「別に明るくなくて結構だ。来客もないし、男の独り住まいが可愛くてもしょうがないだろ」

と素っ気なく言う。

「ワフッ！」と傍らを歩くクーストースが（俺もいるじゃないか）と言いたげに吠え、「ああ、そうだった、おまえと二人住まいだな」と軽く片手で頭を撫でて訂正する。

自分のせめてもの好意をあしらわれ、クーストースとの絆を見せつけられ、しょぼんと切なくなっていると、森の拓けた先にキアラの家が見えてくる。

庭で地面を覗きこむようにきょろきょろしていたホリーがクーストースの挨拶の吠え声に顔を上げ、

「あ、シーファーさん……」

と微妙に身構えるような表情になる。

あれ、と不思議に思いつつ、彼の姓が「シーファー」だと初めて知り、素敵な姓だな、名前のほうはなんて言うんだろう、とそちらに気を取られていると、

「どうも。昨日御宅のリスが鷹に襲われたところにたまたま居合わせて、大怪我して気を失っていたのでうちで預かっていました。さっき目が覚めて、こちらのリスだと言うので連れて来ました」

と彼が淡々と説明し、「まあっ、イリヤ！」と歓喜と安堵の雄たけびをあげるホリーにイリヤを手渡し、「じゃ、これで」とあっさり踵を返した。

ホリーが慌てて、

「お待ちを、キアラ様にもお伝えしますから、どうぞ中であたたかいお茶でも」

と引き止めたが、「いえ、お構いなく」とにべもなく言い、クーストースを連れて元来た道を戻っていく。

イリヤはハッと顔を上げてホリーの両手の中から「恩人さんっ、ありがとうございました……！」と叫んだが、チラッと振り返ったのはクーストースだけで、本人は背を向けたまま行ってしまった。

最後まで素っ気なかったな……、と肩を落としたとき、

「……相変わらず愛想のない男だこと。まあ、流刑囚が陽気でも変だけど」

とホリーが呟き、イリヤは（え？）と耳を疑う。

いまなんて……？　と思考停止するイリヤを両手に乗せて目の高さに持ち上げ、

「ほんとにこの子ったら！　昨日からどれだけ心配したことか……！　無事でよかったけれど、キアラ様もジリアン様も心配で眠れぬ夜を過ごされたんですよ！　早く顔を見せてあげませんと！」

とホリーがダッと戸口に向かう。

イリヤはホリーの発した「流刑囚」という言葉に絶句したまま、なにも反応できずに家の中に連れ込まれる。

イリヤを目にして、キアラが揺り椅子からおなかを守りながら立ち上がり、

「イリヤ！　生きててくれたのね。よかった……！」

と安堵で声を詰まらせた。

ホリーの報告を聞きながら、イリヤの包帯を外して怪我の程度を確かめ、

「……ひどい怪我だったのね。痛かったでしょう？　いまは完全には治してあげられないけれど、すこしだけならまだ魔力が使えるから、できるだけ傷を小さくしてあげるわね」

とキアラは鷹にえぐられた生傷や打ち身や擦り傷に治癒魔法をかけて和らげてくれた。

目に見えて傷がかなり塞がり、さっきまで動くのも辛かったのに、だいぶ楽に動かせるようになる。

「ありがとうございます、目が覚めてからずっとじくじくズキズキ痛かったのですが、かなり楽になりました」

礼を言うと、キアラはにこやかに頷き、

「よかったわ。なんにせよ、シーファーさんに感謝しないとね。是非直接御礼をお伝えしたかったのに、帰ってしまって残念だわ。御礼にパンやケーキをたくさん焼いて、ジリアンに渡してもらいましょう」

となんの躊躇（ちゅうちょ）もなく言うのを聞き、イリヤはキアラを見上げて遠慮がちに問う。

「……あの、僕を助けてくれたシーファーさんという方は、どういう方なんですか……？」

さっき耳にした「流刑囚」という言葉は、もしかしたらただの聞き間違えかも、あの人が悪いことをした犯罪者なんて思えないし、キアラ様は特に忌避（きひ）するような態度じゃないし、と思っていると、キアラより先にホリーが眉を顰（ひそ）めて言った。

「売国奴（ばいこくど）という奴ですよ。殺人犯や強盗犯じゃないだけマシですが、私は近所に住むのも、ジリアン様の観測所の雑用を手伝わせるのも本来反対です。一度罪を犯した者は平気で二度三度やるようになると言いますし」

手厳しく言うホリーにキアラが窘（たしな）め顔で首を振る。

「そんなこと言うものじゃないわ。悔いあらためて二度と悪事に手を染めない者だっているし、彼もこちらに来て三年、真面目に反省の日々を送っているでしょう。ジリアンももっと責任ある仕事を任せてもいいと思っているそうよ。元々宮廷で覚えめでたい法務大臣の書記官だった人だし」

「でも賭博（とばく）に溺（おぼ）れて国家機密を売ろうとした男ですよ？　国外追放でよかったのに」

ふたりのやりとりにイリヤは（あれ？）と動きを止める。

どこかで聞いたことがあるような気がして、イリヤは鼻先の髭をピクピクさせて考えこむ。

王宮に来てすぐの頃、ピムが宮廷の裏事情を教えてくれたときに聞いた話に似てる、と思い当たり、イリヤは懸命にあのときの会話を思い返す。

「あの、もしかしてシーファーさんのお名前は、『ライジェル』というのでは……？」

もしそうなら、彼は同僚の策略で陥れられた無実の人だ、と焦って確かめると、

「そうよ、本人がそう名乗ったでしょう？」

とキアラに言われ、いやすごく口数が少なくて名乗ってもくれなかったけど、ピムの言葉を信じれば、あの人は本物の犯罪者じゃなく冤罪の被害者だ、とイリヤは確信する。

詳しい事情はわからないが、罠にかかってこんな最果ての地まで追いやられた失意の人で、殺風景な部屋も彼の心象風景を表しているなら納得もいく。

なのに暗い色ばかりだから赤い差し色で明るくしろなんて、なにも知らずに能天気なことをいうリスだと呆れられたかもしれない、と今になっておろおろしてしまう。

なんとか挽回できないか必死に考え、彼の無実を証明するための協力をするのはどうだろうと閃く。

リスの恩返しなんか期待してないと言っていたが、証拠集めに自分の小ささが役に立つこともあるかもしれないし、なにより自分は彼の無実を心から信じている。

ホリーは完全に彼が黒だと思いこんでいるようだったし、キアラも差別的ではなくても悔いあらためた元罪人と思っているようだった。

きっと多くの人が判決や噂を信じて彼を罪人として扱い、冤罪なのに誰にも信じてもらえず

辛い思いをして「厭世家で人嫌い」になってしまったのなら、ちっぽけなリス一匹でも潔白を信じる者がいるとわかれば、わずかでも彼の心が慰められるかもしれない。

アシェル王子も本気で恋をしたら、その人のためになんでもしてあげたいと思うものだと言っていたことを思い出す。

なんとかして彼を不当で不名誉な状況から救いたい、すこしでも傷ついた彼の心を癒したいとこんなにも強く思うのは、やっぱり彼を本気で好きになってしまったからかもしれない。

犬に言われなくてもリスの片想いが実るわけがないとわかっているが、たとえ報われなくても、彼のためにできることを精一杯して、すこしでも笑顔を取り戻してもらえたらそれで十分だと思った。

彼の無実を晴らすためには、まず当時なにがあったのか事実を知らなければならず、もう一度本人に会って話を聞く必要がある。

まだここに留まってやらなければいけないことがあるから、それまではお迎えが来てもお城には帰れない。

イリヤは思案を巡らせ、食事の支度をしにホリーが台所へ消えた隙に、揺り椅子に座るキアラの膝にのぼり、上目遣いで囁いた。

「キアラ様、内密にご相談したいことがあるので、肩に乗らせてもらって、耳元で内緒話をしてもいいですか……？」

キアラは軽く目を瞠り、笑顔で「もちろんいいわよ」と左肩をポンと叩いて招いてくれた。

左腕を駆けあがって肩に乗り、

「実は、宮廷の裏事情に詳しい従兄弟の話では、シーファーさんはおそらく冤罪で、悪い同僚に陥れられて無実の罪を着せられた可能性が高いんです。命を救ってもらった御礼に、彼の潔白を証明したいんですが、まず詳しい事情を本人に聞かないことには始まらないので、もうすこしこちらに残りたいんです。お城からお迎えが来ても、まだこちらに置いていただけませんか……？」

と真剣に頼むと、キアラは驚きを隠せない表情で肩のイリヤを見おろす。

「……それはもちろん、あなたにはずっと居てほしいくらいだけれど、シーファーさんが無実ってほんとなの？」

イリヤは真顔で頷き、

「従兄弟は頭脳明晰で世知に通じ、まったく根拠のないでたらめを言うはずはないので、信憑性は高いと思います。シーファーさんは無愛想だけど、看病してくれたときに優しい人だと感じたんです。だからどうしても彼の役に立ちたいんです……！」

と熱を込めて訴えると、キアラはしばしイリヤの目を見つめてから言った。

「……もしかして、シーファーさんを好きになってしまったの？　命の恩人に対する感謝以上のものがあなたの目の中に見えるわ」

「……っ」

さすが魔女は妊娠中でも勘が鋭いのか、と息を止め、誤魔化そうかどうしようか迷ってから、イリヤは小さく頷いた。

「……はい、たぶん初恋だと……。リスの身で叶う見込みなんてないとわかっていますが、ただ好きでいたいだけだし、不当な目に遭っている彼のためになにかをしたいんです」

キアラにも「あの人に恋しても無駄だし、あなたが傷つくだけよ」と反対されてしまうかも、と思ったが、キアラは優しく微笑んで、

「わかったわ。リスが人間に恋しちゃいけないなんて決まりはないし、本気で好きなら貫けばいいわ。私は応援するし、冤罪の件も、私もシーファーさんにそこまで悪い印象を抱いたことがなかったし、もし本当ならとんでもないことよ。出産後に魔力が戻ったら、協力できることはなんでもするわね」

と言ってくれ、心強い味方に「ありがとうございます……！」とイリヤは目を潤ませる。

やっぱり女神のようだ、と感謝しながら、イリヤはもう一度声を潜めた。

「キアラ様、お城からケアリー卿とピムが迎えに来たら、『命の恩人の冤罪を晴らすためにまだ帰れない』という事実ではなく、なにか別の言い訳でここに残りたいんです。僕、王子様のプチ家出を阻止するための見張り役としてお城に呼ばれたので、任務以外に余計なことしてる暇あるかってピムが怒るだろうし、ケアリー卿は王子様が家出未遂したこと自体を知らないの

で、その事情に触れないように別の理由で残ることにしたいのですが、なにかいい案を一緒に考えてくれませんか？」

「なかなか難しい注文ね」

キアラが苦笑して、あとでふたりで嘘の理由を考えることにして、イリヤはもうひとつキアラに頼み事をした。

「あとキアラ様、ジリアン様に頼んで、観測所でシーファーさんに仕事の書類を装ってなにか書いてもらってうちに持ってきてほしいんです。三年前の事件では、有罪の決め手になる物証があったそうなので、もう一度その物証と照らし合わせて、捏造されたものだと証明したいので」

「わかったわ。頼んでおくわね」

頼りになるキアラは翌日早速ジリアン経由でライジェルの直筆の書類を入手してくれた。

その晩、キアラとホリーがイリヤとぬいぐるみを並べてお揃いの毛糸の帽子をかぶせて「可愛すぎるわ！」と悶えていたとき、ピカッとまばゆい光と共にケアリー卿が現れた。

ピムは一緒ではなくひとりだったが、

「イリヤ、やはりここにいたのか。まったく、どういう了見でこんなところに……、城じゅうの屑籠をひっくり返し、溝や噴水や下水を漁り、家畜や野良の犬猫の腹まで一匹ずつ調べたり、そなたが間違って入り込んでいそうな場所を探して大変だったのだぞ」

と四日ぶりの再会早々文句を言われ、あちこち頑張って探してくれたのはありがたいけど、あなたのせいでここにいるんですが、と内心思っていると、

「お兄様、お久しゅうございます。先日は心尽くしの贈り物をありがとうございました。でも、イリヤがここに来たのはお兄様の不注意のせいなのよ。あの日、床に落ちていた玩具の部品をイリヤが箱に戻してくれてたの。きっとよく見たらおくるみの下がもごもご動いていたはずなのに、よく確かめもせずに蓋をしてしまったのでしょう?」

とキアラがやんわり真実を告げると、ケアリー卿はやや鼻白んだ顔で、

「そうだったのか。それは失礼した」

とイリヤに軽く詫びを入れ、スッと手を差し出してくる。

「王子様もピムも大層案じておられる。急ぎ戻ろう。キアラ、世話をかけたな。出産まで大事にせよ。ジリアンによろしく伝えてくれ」

そう言ってイリヤを掌に乗せようとした一瞬前に、サッとキアラがイリヤを胸に押し当てて抱え込んだ。

「待ってお兄様、まだイリヤを連れていかないで。実はピムは一昨日鷹に襲われたのに奇跡的に無事だったの。魔力もないのに驚くべき強運の持ち主だし、イリヤが来る前は時々おなかが張って痛むこともあったけれど、イリヤが来てから可愛くて和むからか、落ち着いてるの。きっとイリヤがついていてくれたら安産になる気がするし、イリヤに赤ちゃんに触れてもらえば

強運にあやかれると思うの。無事生まれたら、お兄様に名付け親になってほしいから連絡するわ。そのときに一緒にイリヤを連れて帰ってもらうことにして、それまでは私に預からせてもらえない？　初産でいろいろ不安だから、安産の守り神としてイリヤにそばにいてほしいの」

これならダメとは言いにくいはず、とふたりで考えた言い訳をキアラが言い、イリヤも口を揃える。

「そうなのです。僕、意外に強運で、空から落ちても骨折もせず、鷹の直後にハスキー犬にも食われかけたのに死ななかったんです。キアラ様の赤ちゃんにたっぷり運をお裾分けしてから戻りますので、そのように王子様とピムにお伝え願えませんか……？」

と尻尾でキアラのおなかをさすさす撫でて霊験ありそうな素振りをすると、「そなたが安産の守り神……？」と腑に落ちない表情で呟きつつ、ケアリー卿は妹の希望を汲んで頷いてくれた。

「ケアリー卿、申し訳ありませんが、ピムに『決してお役目を忘れたわけじゃないんだけれど、キアラ様のご出産まで帰れません。ごめんなさい』とお伝え願えますか？」

城に帰還するケアリー卿に、イリヤはピムへの伝言と、もうひとつある頼み事を託した。

こうして無事イリヤはもうしばらく初恋相手のそばに留まれることになったのだった。

＊＊＊＊

翌日、またキアラがかけてくれた治癒魔法のおかげで傷がかさぶた程度まで回復したので、イリヤは森を駆けてライジェルの家へと向かった。

彼は週一回気象観測所で雑務をする以外、ほぼ森の奥の小屋から出ないそうで、今日は仕事のない日だと聞いてきた。

彼の家が近づくにつれ、また会える喜びで胸が弾み、夜に降り積もった雪の冷たさもあまり気にならなかった。

「こんにちは、ごめんください、昨日お世話になったイリヤです」

ドアをノックして名乗ったが、しばらく待ってもドアは開かず、聞こえなかったのかな、と窓までよじ登り、軽く霜のついた硝子を尻尾で拭いてから中を覗く。

奥の暖炉のそばで寝そべっているクーストースがまず目に入る。きょろっと中を見回してみるが彼の姿が見えず、散歩にでも行ったんだろうか、としゅんとしかけたとき、拭き損ねた四隅の曇りでよく見えなかったすぐ目と鼻の先の壁際に、こちらに背を向けて雪明かりで本を読んでいる彼の斜め横顔が目に入った。

いた、と一旦しぼみかけた気持ちが一瞬で風船のように膨らみ、形のいい耳介や、首の後ろで革紐で結んだ黒髪や、無精髭のぱらつく顎をドキドキしながら見つめる。

後ろ姿もいいけれど、吸い込まれそうに深い青色の瞳も見たくなり、両手で窓を叩いて、

「シーファーさん、こんにちは、僕です、イリヤです」

と呼びかけると、彼が開いていた頁にリスの形の影が映り、怪訝そうに振り返った相手と硝子越しに目が合う。

思わずぱぁっと笑顔になるイリヤと対照的に、彼は（なんでまたおまえが）という驚きとやや困ったような面倒そうな表情を浮かべ、椅子から立ち上がって観音開きの窓を片方開けた。

「何の用だ。ホリーさんに二度と流刑囚の家には近づくなって言われたんじゃないのか」

そう露悪的に言われ、イリヤは笑みを消して首を振る。

「そんなことは言われてませんし、もし言われたとしたら反論します。僕はあなたが無実だと知っているんです」

「……」

かすかに青い瞳を瞠ったライジェルにイリヤは続けた。

「出会ったばかりで信用してもらえないかもしれませんが、僕の従兄弟はアシェル王子様の側仕えで、僕はその助手みたいなことをしているんです。ここに来る前に従兄弟から有能な官吏

だったあなたをティリアンという男が陥(おとしい)れたらしいと聞きました。僕はあなたに命を助けてもらって、絶対に悪い人じゃないと確信したし、恩返しに役に立ちたいんです。あなたの冤罪(えんざい)を晴らして、また宮廷に戻れるよう全力を尽くすつもりなので、事の次第を教えてくれませんか？」

そう真剣に告げると、彼は無表情にしばし沈黙したあと、

「……余計なことはしなくていい。今更リスが一匹味方についたところでどうなるわけでもないし、もう見切りをつけてる。別に以前の生活に戻りたいとも思ってないし」

もう帰れ、恩返しなんていらないと言っただろ、と平板(へいばん)な声で言い、パタンと窓を閉めてしまった。

「……え」

再び何事もなかったように窓辺の椅子に掛けて本を読みだす相手を、イリヤは言葉を失くして見つめる。

ひそかに「イリヤ、ありがとう。事件以来、潔白(けっぱく)を信じてくれたのは君だけだ」と笑顔を見せてくれるのではと夢想(むそう)していたので、にこりともせず締め出されるなんて思いもしなかった。

「ちょ、あの、どうして……、シーファーさん、このまま濡れ衣を着せられたままでもいいんですか？　身の潔白を証(あか)すことは全然余計なことじゃなく、ものすごく大事なことでは……。僕ごときになにができるって思ったのかもしれないけど、リスにだってできることはきっとあ

るし……！」

懸命に窓越しに叫んだが、彼はもう振り向いてくれず、軽く溜息をついて立ち上がると、別室へ行ってしまった。

「……」

まさかこんなに全身で拒絶されるとは思っておらず、イリヤは呆然と立ち尽くす。

ショックで悲しくてじわりと涙が込み上げてきたとき、主人の代わりにクーストースが窓辺に来て、箒の柄を咥えて先端で器用に窓を開けた。

「泣くんじゃねえ。だから昨日忠告しただろうが。ご主人様は三年前に嫌というほど人間の汚さや醜さを味わって、もう懲りちまったんだよ。俺みたいになにがあっても裏切らない忠実な犬を友にして森でひっそり暮らすのがいまのご主人様が選んだ最良の生き方なんだ。なにも知らないリスがご主人様の心を引っ掻きまわすんじゃねえ」

ぴしりと告げられ、イリヤは零れそうな涙を必死に目の縁に留めて泣くのを堪える。

彼のためを思い、よかれと思って言ったことが彼の心にすこしも届かず、むしろ疎まれただけだと思うと胸が痛くてたまらなかった。

冤罪なのに汚名を着たまま、心を閉ざして孤独に暮らすことが最良の生き方とは思えなかったが、きっと汚名を雪ぐ努力をする気も失くすほど絶望したのだと察せられた。

まだ知りあって間もないのに焦って事を急ぎすぎて、無遠慮に扉をこじ開けるような真似をしてしまったのかもしれない、としょんぼりと目を伏せる。

好きな人のためになにかしたいという気持ちが空回りして勇み足になってしまったが、キアラの出産まではまだ猶予があるし、関係を修復する時間はきっとあるはず、となんとか気を取り直す。

いつもだったら、初回でこんなにへまをしたらすぐに諦めていたと思うが、初恋を知った今は一回しくじったくらいで諦めるのは早い、と強い気持ちになれ、イリヤは目を上げてクーストースに言った。

「苦言は承りました。でも僕は彼の心を乱したいわけじゃなく、尊厳を守りたいだけなんです。いままでは本気で潔白を信じて助けようとする人がいなかったかもしれませんが、僕は本気です。彼にその気がないなら、僕ひとりでやります。潔白が証されたあとも、彼がここで生きることを望むなら尊重しますが、『流刑囚』ではなく、『世捨て人のように犬と孤独を愛して生きる人』という立場で誰にもうしろ指をさされずに生きてほしいんです」

イリヤはクーストースの目を見つめながら告げ、

「今日はこれで帰ります。でも明日もまた来ます。もう今後は彼が話したくないことを無理矢理訊いたりしませんから、普通の知り合いになることは止めないでください。では」

ぺこりとお辞儀をしてから、壁を伝い下りてキアラの家へ戻る。

次の日から、イリヤは日課のようにライジェルの家へ通った。

声をかけてもこちらを見てくれなかったり、窓越しにシッシッと手で追い払われたり、窓を開けてくれたと思ったら「帰れ」のひと言だけで鎧戸まで閉められたり、つれなく追い返されるばかりだったが、くじけずに毎日通い、玄関先に冬の森に咲く小花や人間にも食べられる木の実やキノコなどを見つけては置いて帰った。

なんの進展もないまま十日目になり、いつもの時間にキアラの家を出ると、森に入ってすぐのところにクーストースが立っていた。

「あれ、どうしたんですか？　お使いでも？」

イリヤが足元に立ち止まって見上げると、クーストースは主人に似た愛想のない表情で、

「どうせまた今日も来る気だろうから、迎えに行ってやれとご主人様に言われたんだ。昨夜も結構雪が積もったし、おまえが雪道をちょろちょろ走ってると上から目立ってまた鷹に狙われるかもしれないから、うちに来る間に食われると寝ざめが悪いってさ。あと途中でいろいろ変なもん拾わないうちに連れてこいって」

と顎をしゃくり、背中に乗るように仕草で示される。

「え、迎えに行けって、本当にシーファーさんがそう言ったんですか……？」

意外すぎて思わず目を瞠って聞き返すと、クーストースは素っ気なく頷く。

「でも勘違いするなよ。単にジリアンさんから『あまりイリヤにつれなくしないでやってくれないか。キアラが不憫がって胎教によくないから』って頼まれたからみたいだぞ」

そうだとしても、クーストースを寄こしてくれたということは、今日は家に入れて話をしてくれる気なんだ、とイリヤは舞い上がる。

固く錆ついてなかなか開かなかった重い扉がわずかに開いたような気がして、「ありがとうございます、背中にお邪魔させていただきます」と冬毛のハスキーのふさふさの脚から背中によじ登る。

木立から射す光を反射して白く輝く雪の小道を走りだすクーストースの背にしがみつき、

「わあ、速い……！　ねえクーストースさん、でも僕、別に変なものなんて拾ってないですよね。クーストースさんとふたりで食べられるように冬苺とかいつも二個ずつ置いといたし、頬袋にも入れずにちゃんと両手で運んだんですよ。僕の唾がついてると嫌かと思って」

「衛生面より、俺やご主人様にはあんなもん一口で、おやつにもなんねえんだよ。まあ、よくいまの時期にいろいろ見つけるもんだなとご主人様も言っていたが」

「僕、葉陰にある実とかを見つけるの得意なんです」

などと話しているうちにライジェルの家に着く。

外で薪割りをしていたライジェルにクーストースが寄っていくと、「ごくろうさん」と彼がハスキーの頭を撫でて労う。

優しさの浮かぶ眼差しに、こんな風に見てもらえるクーストースが羨ましくなる。

でも鷹に襲われて大怪我した日は自分にもこんな目をして手当てしてくれた気がするし、こ

れから頑張れば自分だって、と己を鼓舞していると、ライジェルがチラッとイリヤに視線を向け、

「ジリアンから聞いたが、おまえがここにいるのも半月程度らしいから、その間は話し相手になってやることにした。ただおまえと馴れあう気はないし、例の恩返しの件も話題にするな」

とのっけから釘を刺される。

彼の心の固い扉はほんの少ししか開いておらず、まだ自分が中に入れるほどじゃないみたいだ、と内心しゅんとする。

でもジリアンから頼まれただけでも、単なる暇つぶしでも、こうして話せるだけで嬉しいから、なるべくいい話し相手になろう、とイリヤは意気込む。

「僕、母が人生相談の相談員をしているので、僕にも聞き上手の血がすこしは流れてると思うんです。なんでも聞きますから、たくさん話してください……！」

彼のことならなんでも知りたくて前のめりに言うと、ライジェルは鉈の刃が背のほうに向くように柄を小脇に挟み、薪をひと抱え拾いあげながら、

「なに言ってんだ。おまえが俺に話すんだよ。俺の生活は毎日代わりばえがないし、話すようなネタはねえからな」

と素っ気なく言われる。

いや、でも僕の生活も特に面白いネタなんてないし、つまらないことを言ったら「やっぱり

時間の無駄だからもう来るな」と言われるかも、とおろおろしていると、彼が薪を抱えた腕と逆の手を伸ばして、ハスキーの背からイリヤを摑んでひょいと自分の右肩に乗せた。

　えっとイリヤは一瞬固まる。

　地面に下ろされるのかと思ったら、いきなり肩に乗せられてしまい、近すぎる距離にドキドキして心臓が口から飛び出しそうになる。

「……あ、あの……自分で歩けますけど……」

　死ぬほど嬉しいけれど、心の準備が、と慌てふためいて口ごもると、

「ちょろちょろ足元を歩かれたら踏んづけそうで面倒だからだ」

と素っ気なく言いながら家の中に連れていかれる。

　テーブルに下ろされ、薪を暖炉の脇に運びに行く彼の背中を目で追うと、テーブルの端に置かれたマグカップが目に入る。

　水を入れたカップに、イリヤが昨日摘んで玄関先に置いた薄紫の小花が挿してあり、ちゃんと活けてくれてる……！　と目を瞠る。

　クーストースに変なものを拾わないうちに連れてこいと言ったと聞いて、道端の小花なんて愛でもせずポイと捨てられたかも、と思っていたので、驚きと喜びがひとしおだった。

　でも嬉しいと口にすると「別に意味なんてない」などとつれない言葉を吐かれそうで、心の中だけで喜びを嚙み締めていると、こちらに戻ってきた彼が椅子を引いて掛けた。

「母親が人生相談の相談員って言ってたが、リスの世界にもそんなものがあるのか？」

テーブルに片肘をつき、頬杖をついて見おろされ、ドキドキと見上げながらイリヤは頷く。

「はい、嫁姑問題とかパートナーの浮気とか親の介護とか、なにかしら悩みごとを抱えている森の住人は多いです。でも身近に吐き出せる相手がいない方たちも多いので、そういう方たちの駆け込み寺みたいな相談所を母は運営していて、『聞いてもらうだけで楽になった』とか『なにも解決はしなくてもちょっとスッキリした』って人気なんですよ」

きっと彼の中にもずっと誰にも言えず、言っても無駄と諦めながら胸に抱えているものがあるはずだから、いつか自分に吐き出してすこしでも楽になってくれたらいいな、とイリヤは思う。

「へえ、ほんとに人間の世界みたいだな。じゃあ父親はなにをしてるんだ？」

今度は父について問われ、

「父は鞄職人だったんですけど、僕が生まれてすぐに病気で亡くなりました。お城に行くときに持ってきた旅行鞄は父が作ったもので、古いけど頑丈で、たぶん一生使える大事な形見なんです」

と答えると、

「旅行鞄か。俺にはもう縁のない代物だが、おまえの身体にちょうどいいサイズの鞄って、人形の鞄みたいで可愛いんだろうな」

とかすかに口角をあげた。

小さな靴のことを可愛いと言っただけで、自分が言われた訳でもないのにその微笑にドキッとする。

ただ、「旅行鞄にはもう縁がない」と決めつけている言葉に胸を痛めていると、

「おまえ、年はいくつなんだ」

と問われる。

「ええと、人間で言うと十八です」

「へえ、まだ若いんだな。リスの姿じゃ若いのか年取ってるのかよくわからんが」

「シーファーさんはおいくつなんですか……?」

前から知りたかったのでこちらからも訊いてみると、

「俺は二十七だ。いや、おととい誕生日だったから、もう二十八だな」

とあっさり言われ、

「えっ、そうだったんですか……?」

とイリヤは前歯を嚙み締める。

知ってたら是非お祝いしたかったな、きっとひとりでは祝ったりせず、クーストースとふたりでいつもとなんら変わらぬ一日を過ごしたに違いないし、と残念に思う。

道端で摘んだ花や実じゃ誕生日の贈り物にはささやかすぎるし、もっといいものを渡した

かった、と思いながら、

「二日遅れですが、お誕生日おめでとうございます。いま仮住まいなので、なにかプレゼントをしたくてもなにも用意が……」

と言っている途中で、ふと身ひとつでもできる奉仕を思いだして言葉を切り、ライジェルを上目遣いに見上げる。

「ん？」と問われ、

「あの、品物ではないんですが、僕の身体を使って喜んでもらえるかもしれないことがひとつあって、キアラ様たちには好評なので、シーファーさんも試しにいかがかと……」

ともじもじしながら言うと、

「肩でも揉んでくれるのか」

と彼が片眉を上げる。

「いえ、それも足で踏み踏みすればできるかもしれないんですけど、それじゃなくて、肩に乗って後ろを向いて、尻尾で顔をさわさわふわふわくすぐると結構気持ちいいみたいで、キアラ様たちに『やってやって』と言われるんですが、いかがですか……？」

ぱたぱた左右に尻尾を振りながら意向を問うと、彼はまたかすかに口角を上げ、チラッとそばに控えるクーストースの顔を見ると口角を戻して「……遠慮しとく」とぼそっと言った。

やっぱりダメか、彼の顔を尻尾ですりすりしてみたかったけど、その野望が滲み出すぎて引かれてしまったのかも、と自省する。

「ジリアンもキアラさんたちもおまえのこと随分可愛がってるみたいだな。おまえ、なんであの家に来ることになったんだ？」

そう問われて事情を話すと、

「へえ、ケアリー卿の手違いか。王子様のことをやたら溺愛している結構癖強めの人だったよな」

と三年前まで宮廷にいたことが偲ばれる口ぶりで言ったあと、彼はすぐに口を噤み、別の話題に変えた。

そのあとも「故郷の森はどんなところなんだ？」とか「なんでこの森のリスはみんな冬眠してるのに、おまえは冬眠してないんだ？」など、たぶんイリヤ自身に興味があるというよりも、誰かと他愛無い会話をすることに飢えていたようで、あれこれ質問された。

単なる暇つぶしでも気まぐれでも、自分を話し相手に選んでくれただけで光栄だったし、時々かすかに笑ってくれると胸が痛むほど嬉しくて、人間不信の彼に、クーストース以外にも絶対裏切らない者がいるとわかってもらえたらいいな、とイリヤは思った。

＊＊＊＊

「それで、今日はシーファーさんが庭で薪割りするのをそばで見ていたら、尖った木屑が飛んだら危ないし、おまえが雪の上にいると裸足で冷たそうだからってまた肩に乗せてくれたんです！　それだけでもドキドキするのに、おまえあったかいから首にぐるっと巻きつけって言われて、全力で尻尾まで使って首に密着しちゃいました！　あと、さりげなく元婚約者の方について聞いてみたら、相手のほうがシーファーさんを見そめて、上役の娘さんで薦められたから断りにくくて婚約しただけで、別にそこまで好きだったわけではなさそうでした。すごく好きだったのにティリアンに奪われたのかと気になっていたので、ちょっと安心しました」

　あれからまた十日が過ぎ、イリヤは連日ライジェルの家へ日参し、お茶を飲みながらおしゃべりする茶飲み友達の間柄になっていた。

　家に戻るとキアラとホリーに今日はライジェルがああ言ったこう言ったと報告するのも日課になっており、今日のやりとりを話すと、

「イリヤを首に巻くなんて、シーファーさんは相当イリヤに気を許してガードをゆるめてきてるわね」

とキアラが言い、ホリーも頷く。

「それに私がこの三年で交わした言葉の何百倍もイリヤとはしゃべっているし、そんなに口がきけたのかと驚くほどですよ。気が合うのかもしれませんね」

本当にそうだったらどんなにいいかと目をキラキラさせて願っていると、キアラがおなかを撫でながら言った。

「ねえイリヤ、そろそろ恋の告白をしてみたら？　話を聞いていると、あちらも悪くない感触なんじゃないかという気がするのよ」

とすこしからかうような楽しむような目で言われ、イリヤは「えっ！」と尻尾をピンと張り詰める。

「……い、いや、告白なんてそんな大それたこと……、リスに告白されて喜ぶ人間なんていないし、いまのままでも充分幸せだし……」

頬を熱くしてもごもご言うと、ふたりは口を揃えて言った。

「そんなことないと思うわ。そのリスと人によるし、私はイリヤに告白されたら嬉しいわよ」

「そうですよ、イリヤは可愛くて性格のいいしゃべるリスだし、可能性はゼロではないと思いますよ」

身贔屓（みびいき）全開で応援してくれるふたりにイリヤは苦笑して、ぺこりと頭を下げる。

「ありがとうございます。そんなに応援してくださって嬉しいですけど、やっぱりリスに好きだと言われても、たぶん彼は困るだけだし、もしきっぱり振られたら、覚悟してても辛いから、告白はしません……。もし僕が人間だったら、最後に玉砕覚悟で告白して逃げることもできるけど……」

リスでも人間でも彼が十歳年下の男の子の恋心を受け入れてくれるとは思えないし、勇気を出して告白しても結果は失恋一択だから、わざわざ無謀な賭けに出る気はない。

キアラはすこし間を開けてから言った。

「じゃあ、ほんとにあなたが人間になれる魔法をかけてあげましょうか」

思わぬ申し出に「ええっ！」と仰天すると、キアラはにこやかに頷いた。

「いまはまだ出産前だから、ずっと人間でいられるような強い魔法はかけてあげられないけれど、半日くらいの変身ならいまでもかけられると思うわ」

「い、いや、でも、そんな……」

まさか自分が適当に言ったことを本気にされるとは思っておらず、おろおろしていると、キアラは両手を重ねてイリヤに向け、念を込めた波動を送る。

「……っ」

キアラが手を下ろしてもイリヤになんの変化もなく、やっぱり妊婦だからダメだったのかな、と安堵とほんのすこしの落胆を覚えながら肩の力を抜いたとき、

「これは失敗じゃないのよ。いますぐじゃなく、あなたが『いま人間になりたい』と強く願っ

たときに一度だけ変身できる魔法をかけたの。ここぞというチャンスのときに変身して、愛を告げるといいわ」

とキアラが悪戯（いたずら）っぽい笑顔で言った。

いや、でも人間になっても男だから無理に決まっているし、と思ったが、キアラもホリーもイリヤの恋を無条件に応援してくれ、種族の差も性別も「好き」という想いの強さの前ではなんの障害にもならないと信じているようだった。

ふたりは寛容な考えの持ち主だが、イリヤ自身は小さなリスで男の自分が、たとえ人間になれても彼に受け入れてもらえるとはとても思えなかった。

でももしかして、人間の姿で好きだと言ったら、結果は同じ失恋でも、リスとして告げるよりは、すこしは考慮（こうりょ）してから振ってくれるかも、と低すぎる期待を抱く。

告白する勇気はないけれど、もし本当にひとときでも人間になれたら、彼と手を繋いで並んで歩いてみたいな、とイリヤはひそかに夢想（むそう）した。

＊＊＊＊＊

翌日、一晩中降った雪が窓の桟に届くほど積もっていた。

「わあ、今日もすごい銀世界……！」

初雪から連日のように雪が降り、木々もほぼ緑が隠れる樹氷になり、イリヤは白一色の雪景色を窓から堪能する。

外で雪かきしていたジリアンが扉を開け、

「イリヤ、クーストースが雪だるまみたいになって迎えに来たぞ」

と声を掛けてくれ、イリヤはキアラが編んでくれた黄色い毛糸のコートを着込んで飛び出す。

クーストースとは連日送り迎えしてもらううちに徐々に打ち解け、以前は観測所の所長だった高齢の学者に飼われていたが、ライジェルがこの地に送られてきて、流刑囚の保護司を担っていた元所長が、この地で孤独は毒にしかならないし、お迎えが近い自分より、若い人に長く世話してほしいと愛犬を託し、ライジェルに飼われることになったという経緯も聞いた。

深く積もった雪道を自分の重みで沈みながらも勢いよく駆けていくクーストースにしがみつき、飛んでくる雪しぶきにきゃあきゃあ言いながら楽しんでいるうちにライジェルの家に着く。

家に入るとライジェルは暖炉の前でクーストースの腹や足の裏にこびりついた雪の塊を一本ずつ丁寧に取ってやりながら、イリヤに言った。

「イリヤ、明日は出かける用があるから、茶飲み話はなしだ。雪も深いし、家で遊んでな」

「え、おでかけって、どちらへ……？」

いままで彼が観測所以外に出かけたところを見たことがなかったので、どこに行くのか、誰と会うのか、いろいろ気になっておずおず訊くと、

「ここからすこし奥に行くと湖があるんだが、冬の間は凍るから、向こう岸まで犬ぞりで行けるんだ。狩りで仕留めた獣の毛皮が溜まると毛皮職人に渡すことになってるから、届けてくる」

とあっさり教えてくれ、こちらで懇意にしている女性と会うなどと言われなくてよかった、とひそかに安堵する。

「犬ぞりって、クーストースさんがシーファーさんを乗せてひとりで引くんですか？」

かなりがっちりどっしりしたハスキーだが、立派な体格の成人男性を乗せた橇は重いのでは、と思いながら問うと、

「こいつは気は優しくて力持ちだからな。体重は四十フィラントだが、雪や氷の上なら百フィラントくらい運べるんだぞ」

とライジェルが自慢げにクーストースの太い首を抱いてわしわしと撫でる。

羨ましいな、自分もどんぐり二十個なら頬袋に無理矢理詰め込んで運べるかもしれないけど、犬ぞりはとても無理だ……と涙を飲む。

胡桃の殻を半分に割った器に注いでくれたお茶を飲んで気を取り直し、イリヤは昨日キアラ

にかけてもらった魔法の話をした。

「実は昨日、キアラ様が僕に半日だけ人間に変身できる魔法をかけてくれたんです」

そう言うと、ライジェルは「へえ」とやや驚いたように軽く目を瞠り、

「そんなことできるのか。……おまえが人間になったらどんな風になるのかな。リスでも結構可愛い見てくれだし、人間になっても美少年になるだろうが」

とさらっと言われ、イリヤはカチンと硬直する。

まさか彼がそんなことを言ってくれるなんて、もしやありもしない幻聴を聞いているのでは、と己の耳を疑っていると、

「それで昨日、ほんとに人間になってみたのか？　どうだった？　なにかリスにはできないようなことをしてみたのか？」

とやや興味をそそられたように問われ、イリヤはハッと我に返って首を振る。

「いえ、ここぞというときに一回だけ人間になれるという魔法なので、大事なときに取っておこうと思って」

「大事なときって？」

水を向けられ、すこし迷ってからイリヤはライジェルを見上げて言葉を継いだ。

「……お城に帰ってから、シーファーさんの冤罪の調査をするときに、目撃者に話を聞いたりするのはリスより人間の姿のほうが都合がいいだろうから、そのとき変身しようかと……」

昨夜から告白以外でいつ人間になるべきかあれこれ思案し、一緒に手を繋いで歩きたいという願いも捨てがたいが、自分にとっては彼の無実を晴らすことも譲れない大事なことなので、そのために変身しようと決めた。

ライジェルは小さく息を飲み、

「だから、そんなことしなくていいと言っただろう。無駄だとわかってるし、せっかく人間になれるチャンスなんだから、もっと有効に使えよ」

と諭すように言われてしまう。

イリヤは言うか言うまいかしばし逡巡してから、意を決して相手に問いかけた。

「……シーファーさん、もう一度だけお伺いさせてください。三年前になにがあったのか、どうか教えてくれませんか……？　僕は絶対になにを聞いてもあなたの言葉を信じますから」

「……」

出会って二日目でぶつけて不興を買った問いかけを、三週間近く通って築いた信頼関係を信じて改めてぶつけてみる。

ライジェルはしばらく無表情に口を噤んでいたが、やがて（もういいか）というように軽く頷き、静かに語りだした。

「……ティリアンとは、歳も同じで、宮廷官吏になったのも同時期だったから、一番親しくつきあっていた友だった。あいつは大貴族の息子で、俺は下級貴族の出だったが、あいつはそんなことにこだわらないような素振りをしつつ、俺のほうが先に昇進したことも、ラフィーク卿の娘と婚約したことも許せなかったらしい。あいつがエミリアを前から想っていたと知っていたら話を受けたりしなかったが、とにかくティリアンは目障りな俺を排除するためにあらゆる策を巡らせたんだ」

ライジェルは沈んだ溜息を零し、言葉を継いだ。

「ある夜、急ぎの仕事で遅くまでひとりで執務室に残っていると、ラフィーク卿の従者が来て、一刻ほど前に会員制の高級娼館に主人を送っていき、指定の時間に迎えに行ったが出てきてくれない、なにかあったのかもしれないが平民は中に入れないし、場所が場所なので夫人に知られたら困るから家中の者には頼めないので、娘婿になるあなたに連れ戻しに行ってほしいと頼まれた。そんな場所があることも知らなかったが、上役で義父になる相手のことで嫌とも言えず駆けつけた」

イリヤは嫌な雲行きにおののきながら続きを聞く。

「そこは一見貴族の邸宅で、娼館のほかにも賭博場やいかがわしいショーを見せる劇場があるような歓楽施設で、まさか法務大臣がこんなところに？　と思いながら案内された控室で待っていたら、気づいたら翌朝で、別室で見知らぬ娼婦と裸で寝かされていた」

「ええっ!?」とイリヤは目を剝く。

「俺も『ええっ!?』と思ったよ。前夜出されたワインも口にしてないから、薬を盛られたわけではないし、どうなっているのか見当もつかなかった。たぶん香が焚かれていたから、そのせいだろうといまは思うが、とにかく女を起こして事情を確かめようとしたら、エミリアが入ってきた」

イリヤはまた「ええっ！」と怖ろしい修羅場を想像して顔を引き攣らせる。

ライジェルは頷いて、

「ティリアンが誤解を招くようなタイミングで現場に踏み込むよう時を計って知らせたんだろう。エミリアは潔癖な令嬢で、結婚前でも不貞は許せないと泣かれた。でもこっちもまったく記憶にないし、なぜこんなことになっているのかわからないと本物の不貞男がよく使う弁解を真実だから口にした。だが横にいた娼婦が以前から何度も通ってくるお馴染みだと嘘八百を並べたんだ。俺はラフィーク卿を迎えに来ただけで、こんなところは初めて来るし、この女も知らないと言ったが、父は昨夜家にいた、見えすいた嘘で父の名を汚すなんて最低の卑劣漢だとなじられ、その場で婚約は破棄された。前夜俺を呼びに来た従者も娼婦もティリアンに買収されてたんだろうな」

「そんな……」と目を見開いて二の句が継げずにいると、ライジェルは軽くおどけたように「まだ序の口だぞ」と唇を歪めた。

「それと前後してギーレン皇国の間者が捕縛されて、軍事機密を持ち出そうとしたことが発覚した。その情報を売ったのが俺だと名指しされ、国境警備の配置や武器の種類や数、砦の守りの弱い箇所などを書いた機密文書が、俺すら自分で書いたのかと見紛うほど俺の筆跡を真似て書かれていた。同じ部署だったティリアンには俺の書き損じの反故紙をいくらでも手に入れられたから、完璧な偽造ができたんだと思う。さらに間者が俺に払ったという情報料と同額の金を、俺が賭博で作った借金の返済に充てたという証文まで出てきて、それにも贋筆の俺の署名があった。証人として出廷した賭場の男もティリアンの息がかかってて、俺が人目を忍んで度々通ってはサイコロやカードで派手に負けて多額の借金を抱えていたと証言して、筆跡鑑定士も見抜けない偽造書類と偽証のおかげで裁判はさくさく進んだよ。もう自分の頭がどうにかなったのかと思うくらい、やってもいないことを『確かにこの男だった』と口を揃えて断言され、賭け事なんかしたこともないし、間者に会ったこともないし、祖国を売るなんてありえないと何度も訴えたが、誰も彼も、親すら俺の言葉より贋の証拠を信じたんだ」

「……そんな」

あまりに理不尽な目に遭わされた彼が不憫で労しすぎて、イリヤはボロッと涙を零す。

絶対にやっていないのに、巧妙な罠にがんじがらめにされて犯人と決め付けられ、真実を言っても保身のための嘘だと思われて誰にも信じてもらえないなんて、悪夢としかいいようがなく、どれほど辛かったか想像に余りある。

ライジェルは軽く苦笑して、

「なんでおまえが泣くんだよ。あのとき泣きたかったのは俺のほうだ。ま、もう過ぎたことだからどうでもいいけどな」

とさばさばと言いながら親指でイリヤの涙を拭ってくれる。

イリヤはしゃくりあげながら、

「……ど、どうでもよくなんかないです。そんなひどいこと、絶対許せないです……！　シーファーさんは、ティリアンが黒幕だといつわかったんですか……？」

と問うと、ライジェルはまた自嘲的な笑みを浮かべた。

「それが、俺も単純バカだったから、最後まであいつのことは疑ってなかった。判決が出るまで地下牢に繋がれてたときに唯一面会に来てくれたのもあいつだけで、まあ無様な転落ぶりを見て嗤いたかったんだろうが、『俺はおまえがあんなことをしたなんて信じてない。でっちあげだと思う』なんて迫真の演技をするから、すっかり真に受けて、手紙を託した。人間の鑑定士じゃなく、ケアリー卿に筆跡鑑定し直してほしいと頼む手紙で、魔法使いなら間違わずに鑑定して無実を証明してくれるはずだと一縷の望みをかけたんだ」

でも結果はこのとおり、とライジェルは両手を広げて肩を竦める。

「待てども返事はなく、釈放もされずに流刑が決まった。間者が国内で捕えられて一応機密が漏洩せずに済んだから、すこし減刑されて、流刑地では拘束されず、一生北の庄から出なければいいという刑罰だった。地下牢から移送されるとき、偶然ケアリー卿とすれ違って、『あなたも真筆だと？』とたまらず訊いたら、ケアリー卿はなにを言われているのかまるでわからな

い様子で、託した手紙が渡ってないと気づいた。ティリアンは『必ず渡して、おまえを自由の身にしてやるからな』と希望を持たせておいて、届けずに棄てたんだろう。そのときすべて奴の仕業だったと悟った」

ライジェルは手遊びのように横に座るクーストースの首を撫でながら、

「ここに来たときは失意のどん底で、俺がなにをした、ここまで憎まれるようなことをしたか、と親友だと思っていた男に裏切られた衝撃に呆然自失だったが、クーストースのおかげで随分慰められた。ジリアンも偏見のない公平な人だったから、無実だと話そうかとも思ったが、大概の罪人はそう言うだろうし、また信じてもらえないかもと諦めて言わなかった。でもここで猟をしたり、畑で芋を育てたりしながらクーストースと暮らすうち、宮廷にいた頃より全然気が楽かもしれないと思うようになった。人と深く関わるとろくなことにならないが、こいつは俺を騙したり、笑顔で破滅させるような真似は死んでもしないからな」

と彼が唯一心を許す愛情の対象に優しく触れる。

イリヤは込み上げる羨ましさともどかしさにたまらなくなり、ライジェルを見上げて必死に言った。

「ぼ、僕だってそうです……！　僕もあなたを死んでも裏切らないし、絶対傷つけたりしないと誓えます！　だって僕は、最初に助けてもらった時から、あなたのことを本気で好きだから……！」

思わずリスのまま告げてしまい、イリヤはハッと息を飲んで固まる。

「……え」

戸惑ったように自分を見おろすライジェルと数秒無言で見つめあい、相手の唇がなにか言いかけるように動いた瞬間、イリヤはぴゃっとテーブルから脚を伝って床に下りる。

「あ、あのっ、僕、もう帰らないと……。ええと、その、キアラ様がぬいぐるみとお揃いの新作のセーターを編んでくれるそうで、早く帰れと言われていて……、クーストースさん、悪いけど、扉を開けてくれる……？」

ドアの前まで駆けて顔だけ振り向いておろおろと言い訳する。

告白する気なんてなかったのについ勢いで口走ってしまい、「リスがなに言ってんだ」と鼻で嗤われたりする前に目の前から消え去りたかった。

クーストースが（いいのか？）と言いたげな顔でイリヤを見ながら伸びあがって前脚でドアノブを開けてくれ、

「ありがとう。……じゃあ、さようなら。明日はお気をつけて」

と頭を下げ、脱兎のごとく逃げ去る。

ああ、なんて馬鹿なことを、と後悔でいっぱいになりながらキアラの家に急ぐ。

あんなことを言ったらもう明後日から合わせる顔が……、と泣きたい気持ちで、相手に言われたら辛い返事を次々想像して、いざ本当に言われたときの衝撃をやわらげる訓練をする。

どんどん辛辣さを増す脳内のライジェルに想像だけで半泣きになっていたとき、ふとイリヤは我に返って足を止める。

ちょっと待って、落ち着いて考えよう。

もし自分がリスじゃなく生粋の人間だったとして、ある日森で怪我をした、たとえばヒヨコかなにかを拾って手当てをして、ヒヨコがしゃべれるからなんとなく仲良くなって、ヒヨコに「イリヤさんが本気で好き」と言われたら、そんなに懐いてくれたのかと思うだけで、「ごめんなさい、ヒヨコと添い遂げる将来を想像できないので真剣交際は無理です」なんてまともに答えないで「そうなんだ、ありがとう」とさらっと終わりにするはずだ。

だからきっと彼も「へえ、そうか」で終わったかもしれないのに、一丁前に恋愛対象として振られるかもと怯えるなんて、自意識過剰すぎて逆に恥ずかしい。

明後日、もしいつも通りクーストースを迎えに寄こしてくれたら、彼はなんとも思ってないということだから、こっちも「普通に懐いてるだけですよ」という態でいれば、茶飲み友達のままではいられるはず、と己に言い聞かせ、イリヤはまた雪道を駆けてキアラの家に戻った。

＊＊＊＊＊

翌日、イリヤはまたライジェルの家に行った。

昨日キアラとホリーにうっかり勢いでリスのまま告白して逃げ帰ったことを打ち明けると、

「待って、せっかく告白したのに何事もなかったことにする気？　そんなのダメよ。ここまで来たらもうひと押しするべきよ」

「そうですよ、『この子は俺に本気なんだな』と思わせることをいろいろやって畳みかけるべきでは。あの人はこの三年自分に向けられる優しさや真心というものから遠ざかっていましたから、ちょっとしたことでも嬉しいはずです。氷の湖を渡って帰ってきたときに家があたたかく火が灯っているだけでもホロッとくるかと」

とけしかけられた。

そんなことを言われたら、もうすこし頑張ってみるべきかも、と心が揺れる。

それに寒い中帰ってきたときに部屋があたたかいのは誰でも嬉しいだろうし、恋愛対象は無理でも、すこしでも気がきいて役に立つリスだと思われたい。

ふたりのアドバイスを踏まえ、イリヤは翌日毛糸のコートにキアラが作ってくれたリュックを背負ってライジェルの家に向かった。

家主不在の家に着き、日頃施錠していないドアノブまでよじ登って全身で巻きついてでんぐり返るように動かして扉を開け、中に入る。

暖炉には出かけたときにくべてあった薪が炭化してところどころ赤く燃えており、イリヤは脇にリュックを下ろしてコートも脱ぎ、立てかけてあった火かき棒を倒してぐいぐい棒突きの要領で灰を掻き交ぜて空気を入れ、脇に積んである薪の山に登って上から落とし、床の上を転がして暖炉の中に押し込む。

何本かくべるだけでぜえはあしてしまう重労働だったが、彼が喜んでくれると思えば苦にならなかった。

暖炉を整えてから、もう一度リュックを背負って台所に走る。

洗い桶の横の水切り籠に伏せてある皿を取りだし、リュックを開けて、花の形のチョコボンボンを五個取り出して皿に載せる。

キアラがごく薄い惚れ薬を混ぜたチョコを作って持たせてくれた。まだ本格的な恋の魔法は込められないので、若干好感度が上がるくらいの魔力だと言われたが、わずかでも好感度を上げたくてお茶受けに仕込む。

ふと台所用ストーブの脇にかかった鍋つかみが目に入り、親指の部分がほつれているのに気づき、イリヤはちょっと繕っておこうと鍋つかみを外して床の上に広げる。

以前まだ家に入れてもらえず窓から覗くだけだったときに、ライジェルが靴下を繕っていたことがあり、針と糸の仕舞(しま)い場所も見たので、引きだしから人間用の針と糸と鋏(はさみ)を往復して持ってくる。

鞄職人だった父の血を引いてイリヤも割合手先が器用なので、人間用の道具を操って丁寧に穴を縫(ぬ)い綴(と)じる。

何も言わずに元の場所に掛けておいたら、あれ、いつのまにか穴が塞(ふさ)がってる、と気づいてくれるかな、たぶん僕がやったとは思わないだろうから、もしかして家事妖精がやったのかと思うかな、などとにまにましながら玉どめをして糸を切り、鍋つかみをストーブのフックに掛ける。

もっとお茶を沸かしたり、あたたかい食事も作っておけばさらに喜ばれるとは思ったが、人間用の料理を作ったことがないし、大きなヤカンに雪を取ってきて溶かすとか、鍋をストーブに乗せたりすることは重くてできなかった。せめてほかになにかできないかときょろきょろし、寝台の下や棚の隅の埃(ほこり)を尻尾で払ったりして彼のためにできることをして悦(えつ)に入(い)る。

そろそろ戻ってくるかもしれないし、凍った湖なんて見たことがないから、ちょっと湖まで行ってみようかな、と思い立つ。

もう一度コートを着て、雪の上に残る橇の轍(わだち)を頼りに森の奥に向かう。

しばらく走ると木立の縁から灰色の雪雲に覆(おお)われた遮(さえぎ)るもののない広い空と、はるか向こうまで氷の張った大きな広場のような場所に着く。

地面に近いイリヤの目の位置からでは大きすぎて向こう岸まで見通せず、上から眺めてみようと近くの木に登って枝に掴まって湖に目をやると、下からでは見えなかった湖の中程に、なにか茶色い大きなものが氷に突き刺さり、横で小さいものが動いているのが見えた。

「……なんだろう、あれ……」

枝の途中まで前に進み、目を凝らして注視すると、どうやら氷の薄い部分がひび割れて木の乗り物が半分沈み、黒い耳のある生き物が縁から必死に水の中のなにかを引きあげようとしているように見える。

「……う、嘘、そんなまさか……っ！」

イリヤはサッと顔色を変え、すぐさま幹を駆けおりて氷の上をひた走る。

表面がでこぼこして走りにくく、痛いほど冷たい氷の上を懸命に走ってその場所に辿りつくと、クーストースが必死の形相で氷の穴と橇の間に挟まって沈んでいるライジェルの腕を口に咥えて引っ張り上げようとしていた。

「クーストースさんっ、絶対その手を口から離さないで……！」

傾いた橇が割れた氷の下と氷の縁にがっちり噛み合って蓋のように穴を塞ぎ、水中に落ちたライジェルは狭い水面から自力で出られずに溺れたのか、クーストースが袖を噛んでいる腕はだらんと力が入っていなかった。

早く助けないと彼が死んでしまう、とイリヤは必死に両手で橇を押したが、爪が木に食い込むほど力を込めてもビクとも動かず、リスの身体じゃダメだ、もっと大きくならないと……！

と思った瞬間、イリヤの姿は人間の少年になっていた。

　クーストースが変身したイリヤを見て驚いて目を剝き、思わずポロッと口から取り落としかけたライジェルの腕をイリヤははっしと両手で摑む。

　イリヤもいつも見上げていたクーストースが下にいることや、自分の両腕が人間のものになっていることに内心啞然としていたが、いまはゆっくり驚いている暇はない。

「クーストースさんっ、一緒に橇を向こうに押して！」

　ライジェルの腕を引っ張りながら、片脚で橇を蹴り押して氷の割れ目と橇の隙間を広げる。

「シーファーさんっ、いま助けますからっ……！」

　人一人分あいた水面から、意識を失い、服も水を吸って重くなった長身の男性の身体を懸命に引きあげる。

　火事場の馬鹿力でなんとか上半身を水中から引きずり出すと、クーストースも片袖を嚙んで一緒に引っ張ってくれ、二人がかりで氷の上に引きあげる。

　ぜいぜいと肩で息をしながら「シーファーさんっ、しっかりして！」と叫び、こんなとき人間ならどうするか本で得た知識を必死に思い出し、氷のように冷たく紫色に褪せた唇に息を吹き込み、心臓の上を押す。

　何度か繰り返すと、彼は目を閉じたままゴホッと噎せて水を吐き出し、かろうじて息を吹き返した。

はぁ、と大きな安堵の溜息が洩れたが、このままでは凍死は避けられず、クーストースとふたりがかりで沈没寸前の犬ぞりを湖中から引きあげる。

氷の縁は割れやすく、自分たちまで二次被害に遭いそうになりながら、なんとか安全なところまで橇を移動させ、荷台にライジェルを乗せる。

「クーストースさん、僕も増えると大変でしょうけど、家まで急いでもらえますか?」

かじかんだ指を励ましてなんとかクーストースに橇の引き綱を着けながら頼むと、

「大丈夫だ。全速力を出すから、ご主人様が落ちないようにしっかり抱いててくれ」

と毅然とした表情でクーストースが請け合う。

ライジェルを背中から抱きながら手綱を摑み、氷の上と森の雪道を犬ぞりで疾駆する。

やっと家まで辿りつき、

「ありがとう、クーストースさん。ちょっとだけ待っててください。先に彼をなんとかしないと……!」

「わかってる、急げ」

もうもうと体じゅうから白い湯気をあげて息をつくクーストースに、すぐ戻ってきて引き綱を外すと約束して先にライジェルを引きずって中に運ぶ。

暖炉の前に横たえ、さっき忍びこんで火を焚いといて本当によかった、と思いながら、さらに薪を足し、急いで濡れた衣服を脱がせる。

下着まで濡れて紐類(ひもるい)が固く締まって脱がせにくい服を必死で脱がせていると、シャツのボタンがひとつ取れかけた場所に自分の赤いマフラーが通してあり、思わず目を見開く。たまたま手近にあったもので補強しただけで、大事に肌身離さず身につけてくれていたわけではないと思うが、それでも嬉しくて胸が疼(うず)いた。

全部脱がせて乾いた布で凍りかけた髪や体を拭い、寝台から寝具を取ってきて裸の彼をくるんでから、急いで外に戻る。

クーストースを橇から外して中に入れ、腹や脚についた雪を払い、ライジェルがいつもしているように四本の脚の裏に厚くついた雪の塊(かたまり)を取りながら、

「……どうして橇があんなことに……?」

と事情を問うと、クーストースは無念の表情で力なく言った。

「俺がしくじったんだ。氷が隆起しているところを避けようとして、薄氷の上に乗っちまった。バリッと割れて俺がまず落ちてきて、橇も半分落ちてきて、その下で引き綱がからまってもがいてたら、ご主人様が氷の端から助けてくれようとしたんだが、氷が割れてご主人様も水中に落ちて、潜(もぐ)って俺の綱を外してくれて、先に押し上げてくれた。けど、橇がもっと沈んで下から動かせなかったみたいで、ご主人様はそのまま息が続かなくなって……」

灰色の三白眼(さんぱくがん)を後悔で潤(うる)ませるクーストースの首を抱き、イリヤももらい泣きで目を赤くし

ながら首を振る。

「きっと大丈夫だから、自分を責めないで。不幸な事故だったけど、あなたもできることはしてくれたじゃないですか。あとは僕はやりますから、ゆっくり休んでください。あなただって氷の水中に落ちて、僕まで乗せて走ってくれて体力も限界だと思います。しっかり休んで、シーファーさんが目を覚ましたとき、元気な顔を見せてあげてください」

そう励ましてから、イリヤは台所へ行ってクーストースのご飯の干し肉と水を用意してそばにおく。

そのあと暖炉の火で湯を沸かして湯たんぽを作り、残りの湯でライジェルの冷え切った手や足をお湯につけてあたためる。

イリヤ自身もリスのときに着ていたコートがそのまま大きくなっただけで、コートの下は裸で、足も裸足だった。

氷の上でライジェルを助けたときは、必死だったので刃物で切られるような冷たさは気にならなかったが、いま見ると爪先も手の指も紫色に変色して痛みもあった。

でもいまは自分のことよりライジェルを先にあたためなくては、と気が急(せ)いた。

手足は湯につけてさっきよりはぬくまったが、ガタガタと悪寒(おかん)に震える様子は変わらず、イリヤは暖炉にさらに薪をくべ、なにか布団の代わりになるものがないか部屋を探す。

あまり数がない着替えや敷布の予備をすべて掛け布団の上に重ね、その上から両手で摩(さす)って

摩擦熱でもあたためる。

できることはすべてしたが、ライジェルはガチガチと歯の根を鳴らして身を震わせており、イリヤは最後の手段で自分の身体であたためようとコートを脱いで隣に身を横たえて肌を密着させた。

雪男を抱いているような冷たさにぶるっと鳥肌を立てながら、ぎゅっとしがみついて手足を絡める。

「シーファーさん、あなたは強い人だから、こんなことくらいでへたばったりしないはずです。お願いですから、どうか死なないで。あなたがこのまま死んだりしたら、僕もクーストースも一生嘆き暮らすことになるし、リスや犬を悲しませるなんて、優しいあなたは望まないでしょう？ 僕のことをただのリスとしか思ってくれなくていいから、また目を開けて、僕の大好きな青い瞳をもう一度見せてください」

背中に回した両手で厚みのある大きな背を必死に摩り、胸をぴったり合わせて自分の体温を冷えた身体に分け与えながら、イリヤは祈るように何度も繰り返し言葉をかけた。

△△△△△

翌朝ライジェルが目を覚ましたとき、頭は高熱でガンガンし、口の中がカラカラに乾き、全身の倦怠感で起き上がれない状態だった。

なぜか寝台ではなく暖炉の前に寝かされており、こんもりした上掛けをよく見ると、手持ちの衣類がすべて乗せられ、一番上にイリヤの小さな黄色いコートが乗っていた。

なんでこれがこんなところに、と頭痛を堪えてイリヤを探そうと身を起こしかけ、天井がぐるぐる回るようなめまいと吐き気に再び床に臥す。

目を閉じて昨日の記憶を辿り、湖に落ちたクーストースを助けたところまではっきり覚えているが、その後どうやってここまで戻ってきたのかが、まるで思いだせなかった。

ただ、誰かが懸命に身体をあたためて、励まし続けてくれたことはぼんやり覚えている。

おぼろげに少年の顔を見たような気もして、すこし目尻が吊った黒目がちの大きな瞳と、ふわふわした茶色い髪の優しげな面差しを眼裏に思い返す。

もしかして天使かな、こんな可愛い天使に迎えられて召されるなら悪くないかも、とぼんやり思ったことも思いだす。

でもあの少年の声はイリヤの声みたいだったし、言葉もあいつが言いそうなことだった。

大好きだから死なないで、と何度も繰り返し、早く目を覚まさないと勝手にいろいろ触っちゃいますよ、それにもし死んだら断りもなく同じお墓に入っちゃいますから、嫌なら目を覚ましてください、とかなんとか言ってた気がする、と思いだして、くすりと苦笑する。

もしあれがイリヤなら、リスのくせになに言ってんだか、と思いつつも、可愛く愛しく思う気持ちも湧いてくる。

おとといイリヤに「本気で好きだ」と告げられて、驚いたが満更でもなかったのに、逃げ帰られてしまった。

リスに本気で好かれて、結構嬉しく感じるなんて、ただの流刑疲れかもしれないが、あのリスは前から特別だった。

人語を話せるというだけじゃなく、人格がちゃんとあって、動物を相手にしているという感じがあまりしなかったし、性格も仕草も物言いも可愛げがあって、一緒にいると心が和んだ。

なによりも、誰ひとり信じてくれなかった自分の無実を、あいつだけは最初から疑わずに信じてくれ、必ず潔白を証すと真摯に言ってくれて、自分がどれだけ誰かにそう言ってほしかったのか、初めて痛切にわかった。

その気持ちだけで充分だったし、どう見てもなにもできそうもない小さなリスの申し出にわずかでも期待してしまったら、結局どうにもならずに終わったときに再度失望して余計な傷を増やすのが嫌だったから、最初はきっぱりはねつけようとした。

が、諦めずにちょろちょろやってきては花だの木の実だのを置いていくのが健気で可愛くて、ついほだされて、いつのまにかあいつが来るのを楽しみにするようになっていた。

人間とはもう深くかかわる気はないが、あのリスは別だ。

さすがに恋愛までできるかどうか自信はないが、ほかのどの人間といるよりあいつといるほうがいいし、茶飲み友達としてならこれからも長くつきあいたい、と思っていると、主人が目覚めた気配に気づいてクーストースが寄ってきた。

「クーストース、おまえは大丈夫だったか。風邪引いてないか」

寝たまま声をかけると、クーストースはぺろぺろ頬を舐めてきて、特に洟を垂らしたり調子が悪そうな様子はしておらず、一緒に氷の湖中に落ちたのに人間よりハスキーのほうが頑丈なようだった。

ライジェルはイリヤのコートを目で示し、

「これがあるってことは、あいつ昨日ここに来たのか？」

と問うと、「オン」とクーストースが頷く。

「もしかして、あいつが人間に変身して、俺を助けてくれたのか……？」

半信半疑だが、状況的にそれ以外考えにくく、そう訊いてみると、「ウオンッ」と同意の返答をされる。

「……やっぱりそうなのか……」

ぼんやり見た天使のような美少年の残像を思い返し、せっかく一度だけ人間になれるチャンスだったのに、自分の楽しみのためではなく、溺れた自分を救うために変身してくれたイリヤがどれほど自分を想ってくれているのか、改めて身に沁みた。

いままで人間にもそこまでひたむきに想われたことはないな、と思いながら、

「それで、あいつはもう帰ったのか？」

と問うと、クーストースは身ぶりも合わせて返事をした。

その場でパタッと目を閉じて倒れ、舌を出してハァハァしてから、すぐ身を起こしてパクッと齧るような素振りをしてドアに向かい、ジリアンの家のほうを向いてオンオン鳴き、ライジェルのもとに戻ってきて「ガオン、オオン」と吠え声で説明する。一連の流れから、

「ええと、イリヤは夜じゅう看病してくれて、リスに戻って力尽きてしまったから、おまえがジリアンの家まで送り届けてくれたってことで合ってるか？」

と確かめると、「オン！」と返事がある。

人間のイリヤは華奢な少年だったから、自分を救うのに相当無理をしたのかも、と心苦しく思う。

でもきっとキアラが魔法で回復させてくれるだろうだから、自分も早く治して礼を言いにいかないと、と思いながらライジェルは目を閉じた。

△△△

一刻も早くイリヤに会いに行きたいと気は逸るのに、極寒の凍湖で寒中水泳をした代償は大きく、ライジェルの風邪は長引いた。

なかなか下がらない熱によろめきながらクーストースに食事を与え、自分も水分をとり、料理を作るのもだるいので、イリヤが置いていってくれたチョコを一個ずつ食べ、ひたすら寝るのを五日ほど繰り返し、やっと六日目に症状が落ち着いて床を離れることができた。

その間、イリヤが出てくる夢ばかり見たが、本人は一度も家にやってこず、もしかしたら妊婦の魔女の弱い魔力では治らないほどあいつも重症なんだろうか、と案じられた。

軽い咳が残る程度まで快復したので、お湯で身体を拭き、髪も洗い、髭もあたって一応こざっぱりしてからジリアンの家に向かう。

扉をノックすると、ホリーが出てきて、

「まあ、シーファーさん、お加減はいかがですか？　お伺いしなければと思っておりましたのに、キアラ様のご出産でバタバタしておりまして」

と儀礼的ではなく本気で済まなそうに詫びられ、奥から赤子の泣き声も聞こえてくる。

イリヤがこの地に現れるまで、流刑囚への警戒心や抵抗感を隠さなかったホリーは、いままで知らずに失礼な態度を取ったと詫びに来てくれ、以降普通に接してくれる。

「いいえ、俺はもう大丈夫なのでお気遣いなく。無事に赤ちゃんが生まれたようで、おめでとうございます。……それで、イリヤの具合はいかがでしょうか？」

一番知りたいことを問うと、ホリーは心配そうに顔を曇らせた。

「それが、クーストースがここまで運んできてくれたとき、手足の凍傷と肺炎をこじらせてかなり状態が悪かったんです」

「え……」

まさか手足を切断するようなことになっていたら、とライジェルは青ざめる。

「すぐにキアラ様が治癒魔法をかけてくださったんですが、まもなく産気づいてお産がはじまってしまい、しばらくイリヤを寝床に寝かせたまま放置することになってしまったんです。一応凍傷も肺炎も悪化しないように術をかけてくれたので大丈夫だろうと思ったのですが、無事出産が終わり、イリヤのもとに行くと、眠ったまま目を覚まさないのです」

「え？　どうして……？」

「それが、原因がよくわからず、魔力を完全に取り戻したキアラ様が魔法をかけても、身体は治っているのに何日も眠ったままで、赤ちゃんの名付け親になるためにケアリー卿がいらしたので相談したところ、おそらく故郷の森とは違いすぎる北の庄の気候と、初めての変身魔法の負荷が大きかったことと、身体を自己快復させるために深い眠りについたことが合わさって、冬眠状態になってしまったのではとのことでした。それで昨日イリヤをメイゼルの森に送り、母親のマイカさんに託して様子を見ることにしたのです」

そう聞いて、ライジェルは言葉を失くす。

気候や疲労による冬眠で、命に係わる状態ではなかったようなので、それはひとまずよかったが、もうイリヤはこの地にいないと思うと、胸の中にぽっかり穴が空いたような喪失感を覚える。

元々こちらにいるのはキアラの出産までだと聞いていたのに、すっかり失念してずっと一緒にいられるような気になっていた。

リスの一匹や二匹、いなくなっても自分の人生にたいした影響はないし、イリヤが来る前の状況に戻るだけだ、と頭で思おうとしたが、心がそれを拒否していた。

このままあのリスと会えなくなるなんて、そんな淋しいことは断じて嫌だと思った。

茶飲み友達としてではなく、もっと大事な存在としてずっとそばにいてほしいと強く願っている自分に気づく。

俺のことを本気で好きだと言っていたから、故郷の森で冬眠から覚めたら、また俺のところへ来ようとしてくれるかもしれない。でも、あいつは魔法も使えない小さなリスで、いまは王宮にいるわけでもないからケアリー卿にも頼れず、自力でここまで向かうとしたら、平地も山越えも相当な苦難の旅になるだろう。また鷹やいろんな天敵に狙われるかもしれないし、可愛いからほかの人間に拾われて飼われてしまう可能性も高い。

自分以外の人間に懐くイリヤを想像しただけで嫉妬で目つきが荒んでしまい、俺が迎えに行かないとだめだ、と心を決めたとき、奥の部屋から赤ん坊を抱いたキアラが現れた。

「シーファーさん、お加減はよくなったようですね。イリヤがここに戻ってきたとき、自分もボロボロなのにあなたの身ばかり心配していました。あの子の気持ちは本物です。故郷の森で冬眠から覚めたら報せてくれることになっているのですが、もしなかなか目覚めないときは、イリヤを本気で想う相手のキスで目覚める魔法をかけておいたんです。あなたが望むなら、いますぐメイゼルの森に一瞬で送ってあげますけれど、いかがなさいます？」

美しい魔女に試すような視線を向けられ、自分の気持ちをすべて見透かされているようで落ち着かなかったが、今更「なんで俺がリスなんかと」と心にもない虚勢を張る気も起きず、ライジェルは「お願いします」と潔く告げた。

にっこり笑ってキアラが片手をあげたとき、

「あ！　待ってください、その前に一ヵ所だけ別の場所に送っていただきたいんですが」

とライジェルは急いで頼み、キアラの魔法で先にある場所へ飛ばしてもらったのだった。

＊＊＊＊＊

「イリヤ！　よかった、目を覚ましてくれて」

目を開けるといきなり母親に抱きしめられ、自分の家にいたのでイリヤは激しく混乱した。

「か、母さん、なんで僕、ここに……？」

キアラの家にいたはずなのに、と戸惑って、抱きしめられたままおろおろと母に問う。

ライジェルを助けた日、明け方になるとリスに戻ってしまい、急に息苦しさが増して熱っぽくなり、ぐったり布団の上で喘(あえ)いでいたら、クーストースが「大丈夫か。ご主人様はいつ気がつくかわからないから、魔女に助けを乞(こ)おう」とまた口に咥(くわ)えてキアラの家に送り届けてくれた。

自分よりライジェルを先に助けてほしいと虫の息でキアラに頼んだところまでは覚えているが、気づいたら自分の部屋の寝台におり、わけがわからなかった。

「昨日、キアラ様が眠ったおまえを抱いて北の庄から来てくれたのよ。向こうの寒さと肺炎をこじらせたことで冬眠してしまったようだから、メイゼルの森に帰せば目を覚ますんじゃないかって。本当に一晩で起きてくれて安心したわ」

「冬眠……？」

常秋のメイゼルの森では一度も冬眠なんてしたことがなかったから、自分にそんなことが起きたなんて思いもよらなかった。

「それでキアラ様はすぐお帰りに？」

「ええ、お茶でもってお誘いしたけど、夫に預けてきた赤ちゃんが心配だからって、一瞬で戻ってしまったわ」

「え、もう生まれたんだ……！」

自分が眠っている間に赤ちゃんが生まれていたと知り、臨月の間自分も誕生を楽しみに待っていた赤ちゃんの顔を見れずに戻ってきてしまったことが残念だった。

それにライジェルのことも、あのあとちゃんと元気になったのか、安否が心配だった。

会いたいけれど、ここに返されてしまってはそう簡単には戻れないし、手紙を書くしかないか、と思ったとき、

「キアラ様におまえが目覚めたら教えてくれと頼まれたから、ちょっと木のてっぺんに行って伝えてくるわね」

とマイカが言った。

「え、どうやって伝えるの？」と問うと、なるべく遮るもののない高い木の上から心の中で呼びかけると感知できると言われたと聞き、イリヤは上掛けを剝がして飛び起きた。

「母さん、僕が伝えてくる！　キアラ様にはさんざんお世話になったから、その御礼もしたい

し！」

　自分でキアラに冬眠から覚めたことを報告して、ライジェルのことが心配だから、もう一度自分を北の庄に飛ばしてほしいと頼もうと思った。

　ピムにお城に呼ばれるまで、自分は一生メイゼルの森から出ずに暮らすと思っていたし、お城でも任務が終われば森に帰るつもりでいたが、ライジェルと出会い、どれだけ寒さが厳しくても彼のいる北の庄で暮らしたいと気持ちが変わった。

　元気になったか確かめてから、たとえ茶飲み友達のままでも、クーストースの蚤取り要員でもいいからそばにいさせてほしいと顔を見て伝えたい。

　そう意を決し、イリヤは自宅のある大きなカエデの木のてっぺんに登り、

（キアラ様、僕冬眠から覚めました！　どうかもう一度北の庄に戻していただけませんか？　今度はもっと厚着をして冬眠に備えて行きますから！　どうしても大好きなライジェルさんにまた会いたいんです！）

　と心の中で叫んだ数秒後、木の下から、

「イリヤ、迎えに来たぞ」

　とライジェルの声が聞こえた。

「……え？」

　こんなところにいるわけがない想い人の声にきょとんとし、会いたさが高じて幻聴を聞いた

のかと思った。

バッと下を見ると、赤い紅葉の葉陰から、北の庄にいたときとは別人のように髪も短く整えられ、無精髭もなく、着ているものも宮廷人のような垢ぬけた服に羽つきの帽子を被り、マントをつけた正装のライジェルがこちらを見上げている。

こういう姿もきっとかっこいいに違いないと妄想したとおりの美麗な姿に、やっぱり幻覚だ、と確信してうっとり呆けて見おろしていると、

「早く降りといで。おまえに言いたいことがあるんだ」

と幻が言った。

こんなにくっきり鮮やかで声までついてる幻影を見るなんて、己の妄想力の逞しさに感心しながら一応駆けおりる。

幻影と目が合う位置まで降りると、相手がやや改まった口調で言った。

「目が覚めてよかった。まず助けてもらった礼を言わせてくれ。あの日、命がけで湖から救いだしてくれて本当にありがとう。凍傷になってまで助けてくれたそうだな。申し訳なかったが、おかげで命拾いした。感謝してる」

「い、いえ、そんな……、僕も鷹から助けてもらいましたし……」

自分が彼の役に立てて、それを彼にも認めてもらえて言葉にして感謝されるなんて感激で泣けてしまう、と胸を熱くし、ますます自分がこんな風に言われたいと夢見る幻想を見ているの

だと確信を深める。

　さらに幻はスッと手を伸ばして「おいで」と掌を差し出してくる。

　この妄想を信じて、手に乗ったら幻影が消えてヒューッと地面に落ちるとしても、こんないい妄想に浸らない手はない、と木から飛び移ると、あたたかく大きな掌に受け止められた感覚があり、胸に抱き寄せられて優しく頭や背を撫でられ、付け根から先まで感触を確かめるように尻尾に触れたあと、身を持ちあげられて尻尾を掴んで相手の顔にすりすりと擦りつけられた。

「シ、シーファーさんっ……!?」

　自分が作りだした妄想の産物とはいえ、こんなことをされたら嬉しくて死んじゃうという願望そのもので、自分でも気恥ずかしくなる。

　でも本物の彼は一生こんなことはしてくれないから、妄想くらいいいか、と自分でも尻尾を動かして彼の顔を撫でまわしてくすぐっていると、

「やっぱりこれ気持ちいいな。こないだやってくれると言ってくれたとき、ついクーストースの冷たい視線に負けて痩せ我慢してしまったが、やってもらえばよかった」

　と幻が笑う。

　こんなにはっきり笑顔を見せてくれるのも幻だからだ、とイリヤもにっこり笑み返すと、

「イリヤ、俺のことを好きだと言ってくれた返事をさせてくれ。俺もおまえが好きだ。俺の恋人になってくれ」

と真顔で幻が言った。

「……え」

そこまではいくら妄想でも図々(ずうずう)し過ぎる、どれだけ高望みをしてるんだ、と含羞(がんしゅう)のあまり両手で頬をぺちぺち叩いて早く我に返ろうとしていると、

「何やってんだ。その仕草も可愛いが、早く両手を組み合わせて目をうるうるさせて『嬉しいです、シーファーさん』とか言えよ」

と目元を薄赤くした幻影にぶっきらぼうに言われ、「……え⁉」と改めて間近にある幻影の顔をまじまじと見つめる。

もしかして、このライジェルは妄想の産物ではなく実物なのでは、と疑惑が湧く。

まだ半分以上信じられずに、

「……ほ、本物のシーファーさん、なんですか……？」

とおそるおそる窺うと、相手は軽く眉を寄せた。

「なんだよ、贋者(にせもの)と思ってたのか？」

「だ、だって、そんなシュッとした姿は初めて見たし、こんなに僕に都合のいいことばっかり言ってくれるわけないし、まだ僕が冤罪(えんざい)を晴らせてないから、北の庄から出られないはずだし……」

おろおろしながら言うと、彼はうっすら照れ笑いを浮かべる。

「イリヤにプロポーズしに行くなら、これくらい気張った格好をしろとキアラさんに魔法をかけられたんだよ。それに冤罪のほうも、自分で決着をつけてきた」

プロポーズという破壊力のありすぎる言葉は理解が追いつかないので一時保留し、冤罪に決着がついたという、こちらも重大な言葉に息を止めて詳細な説明を求める。

「昨日、キアラさんに頼んでティリアンの元に魔法で送ってもらったんだ。おまえに会いに行く前に罪人の汚名を晴らしたくて、三年分の恨みを込めてぶん殴ってやった。性懲りもなく『なぜ流刑囚が王宮にいる！』と騒がれて衛兵を呼ばれたが、おまえがケアリー卿に託してくれた俺の直筆のおかげで、再鑑定してもらえて証拠が贋筆だと証明された。まさかそんなことをしてくれてるとは知らなかったから驚いたが、おかげで俺は晴れて無罪になり、ティリアンの悪事が露見した。間者に機密を伝えたのは俺の名を騙ったあいつだったから、今度こそあいつが処罰されるだろう」

「ほ、本当に……？　よ、よかった、シーファーさんの潔白が証されて……！」

ずっと願っていたことが叶い、自分のささやかな手助けも無実の証明に貢献できたことも嬉しくて、うるっと瞳を潤ませると、ライジェルが微笑して言葉を継いだ。

「ありがとな。全部おまえのおかげだ。アシェル王子様が冤罪で流された三年のことを知って、多額の報償や陞爵で贖うと言ってくれたんだが、もう宮廷には戻らないと辞退してきた。北の庄で自給自足しながら、もし冤罪で困っている人がいたら、その人たちのために働こうと思ってる。俺は法科を出てるから、資格は持ってるし」

辛い経験を無駄にしない選択に心から感心し、

「それは、すごくぴったりだと思います。一番気持ちを理解してあげられるでしょうし。……でも、本当に王子様のお申し出を蹴ってしまっていいんですか……？」

と問うと、ライジェルはなんの未練も迷いもない様子で頷いた。

「別に構わない。もう二度とティリアンみたいな輩と関わりたくないし、流刑生活のほうが肌に合ってたらしい」

そう言って笑い、ライジェルは笑みをおさめてイリヤの小さな左手を大きな親指と人差し指でそっと摘まみ、跪いた。

「イリヤ、今度は幻じゃないとわかった上で聞いてくれ。俺は元々流刑になる前から恋愛的な関心が薄かったし、きっとこの先も死ぬまでひとりで生きていくんだろうと思っていた。でももし誰かと一生一緒にいるとしたら、その相手はおまえがいい。朝目が覚めてから夜寝るまでおまえがぴいちくぱあちくしゃべるのを聞いていられたら、俺は毎日幸せになれる。これからもずっと俺と一緒にいてくれないか」

「……っ」

身に余る言葉を想い人にもらえて、どうしてまだ昇天していないのか自分でも不思議なくらい嬉しくて胸が痛いほどだった。

けれど、即答で頷けない心配があり、

「……あの、シーファーさん、もしかしてあのチョコを食べてから急にそんな気持ちになったのではありませんか……？」

と怯える瞳で確かめる。

もしキアラの惚れ薬入りのチョコのせいでそう言ってくれているとしたら、薬の効果が切れたら「なんでリスにプロポーズなんか。正気の沙汰じゃない」と撤回されてしまうかもしれない。

調子に乗って「もちろん、是非とも、なにがなんでもお受けします！」と飛びついたら、後で痛い目に遭うかも、とぶるぶる震えてライジェルを窺うと、

「……なんでチョコが出てくるんだよ。うまかったし、風邪引いてたからありがたかったけど、その前からおまえのことは気に入ってたぞ」

と言われてまた胸が喜びで痛いほど疼く。

「で、でも、僕、リスだし、男だし、人だったら当たり前にできることができないし……」

彼を心から想っているし、彼のそばにいられるならなにと引き換えにしてもいいくらいだが、人間の恋人のようには尽くせないし、そのことで不満を感じさせるのでは、と涙目で躊躇していると、

「そんなこととっくにわかってる。でもおまえがいいんだ。リスでも男でも構わないからそば

にいてくれと言ってるのに、なんでためらう」

とライジェルがやや怒ったように言い、チュッとイリヤの口元に唇を触れ合わせてきた。

「……ンッ」

驚きとときめきで胸が震えた瞬間、イリヤの身体がリスから人間に変わり、裸でライジェルの膝に乗っていた。

「えっ、ど、どうして……!?」

思わず目を瞠って自分の身体を見おろし、おろおろとライジェルを見上げると、彼も面に驚きを浮かべつつ、急いで肩のマントの留め具を外してイリヤの身体の上にかけた。

「……推測なんだが、これもキアラさんの魔法かもしれない。ここに来る前、イリヤが冬眠から覚めなければ、心からイリヤを愛する者のキスで目覚める魔法をかけて故郷に返したと言ってたんだ。でもさっきイリヤからの報せを聞いたあとにこっちに送ってくれたから、キスで目覚める魔法じゃなく、キスすると人間になれる魔法に変えてくれたのかもしれない」

ライジェルにそう言われ、『心から愛する者』という言葉に泣きたいほど感激する。

イリヤはぎゅっと恋しい相手に人間の腕でしがみつく。

「そうかもしれませんが、もしかしたらあなたのことが大好きすぎて、恋の一念で変身してしまったのかも。この姿なら、リスのときよりもっとあなたに触れられるし、あなたのためになんでもできるから」

そう言って泣き笑いすると、ライジェルは愛しそうに嬉しそうにイリヤを見つめ、きつく抱きしめ返してくれた。

＊＊＊＊

ライジェルとイリヤが家の前で惚れた腫れたと騒いでいるのを戸口から覗いていたマイカは、息子の変身に仰天しつつも、

「まあ、相手もちゃんとした人みたいだし、リスでもいいと言ってくれたし、イリヤも人間に変身するほど好きなら、もう母さんはとやかく言わないわ」

と割合あっさり認めてくれた。

元々人様の悩み相談を数々受けて、いろんな生き方があると受け入れる素地があり、ライジェルが母に丁重に挨拶してイリヤのことを大切にすると誓ってくれ、さらに弁護士として、悩み相談の相談者に法律的な支援が必要なときに、キアラ経由で呼んでくれればいつでも駆け

つけるという言葉にも誠意を感じたらしく、イリヤがライジェルと共に北の庄へ行くことを許してくれた。

ライジェルがイリヤを横抱きにして心の中でキアラに呼びかけると、一瞬で北の庄のキアラの家に空間移動した。

赤ちゃんを抱いたキアラとホリーに出迎えられ、

「まあ、イリヤなの？　思ったとおり、人間になってもすごく可愛いわね」

「本当に。やはり目や面差しにリスのときの面影がありますね」

と笑みかけられる。

「キアラ様、ご無事のご出産、おめでとうございます。ところで、僕はどうしてまた人間になれたんでしょう？」

初対面の小さな二世に笑顔で挨拶して、ちょんとおでこに触れて強運を授ける真似をしてからキアラに問うと、

「念押しで、シーファーさんの本気を試したのよ。イリヤの本気はとっくにわかっていたけれど、シーファーさんがあなたを想う気持ちがもし恋愛感情じゃなく、小動物への慈愛や愛玩する気持ちと混同しているとしたら、あとでイリヤが傷つくことになるでしょう？　でもこれではっきりしたわ。あなたが人間になれたのは、シーファーさんの気持ちが本物だという証よ。ただし、もしシーファーさんがイリヤを怒らせたり傷つけて泣かせたりすれば即座にリスに

戻ってしまうから、気をつけてね」

と悪戯っぽい笑みを浮かべて告げられる。

ということは、ケンカなどせず仲良しでいる限り、ずっと人間の姿のまま彼のそばにいられるんだ、とイリヤは感激にうるりと目を潤ませる。

「キアラ様、ありがとうございます。でもシーファーさんは優しいから僕を泣かせたりしないし、ずっと仲良しのままケンカはしないと思うので、きっともうリスには戻らないかもしれません」

ね、と隣を見上げると、ライジェルじゃないようなデレッとした顔で頷かれる。

はいはい、ご馳走様、とキアラが苦笑して、サッと手を振ると、ふたりはライジェルの家に一瞬で戻された。

留守番していたクーストースがライジェルとイリヤを見て暖炉の前から飛び起き、

「あれ、イリヤ、どうした、また人間になったのか。それにご主人様も家を出たときとえらい違いのパリッとした姿で戻ってきて」

と驚いたように訊いてくる。

イリヤは照れ笑いを浮かべ、

「実はシーファーさんと恋人同士になれたんです。今日から僕もここでお世話になるので、よろしくお願いします」

と頭を下げると、クーストースはぱかっと口を開けてふたりを交互に見やり、醸し出す空気で真実と悟ったらしく、

「そうか、よかったな。おまえ頑張ったもんな」

と頷いて受け入れてくれた。

ライジェルは動物だけに通じる共通語のやりとりに不思議そうな顔をして、

「おまえたち、話が通じるのか？」

と今更なことを聞いてきて、イリヤは「はい」と笑って頷く。

空気を読める利口なハスキー犬は、

「じゃあ、俺はちょっと走りに行って、戻ったら納屋で寝るからお構いなく営んでくれ」

と自分でドアを開けて出て行った。

「なんだあいつ、拗ねちゃったのかな」

案じるように言うライジェルに、イリヤは赤面して「いえ、気を遣って納屋で寝てくれると」

と小声で言うと、ライジェルもうっすら赤くなる。

「そんな、あいつ変な気を遣いやがって。まだ早いよな。さっき両想いになったばかりだし、イリヤは人間になったばかりで人の身体にも慣れてないから、無理してすぐしなくても、おいおいでいいし……」

「……え」

別に無理じゃないのに、と内心思う。

プロポーズも受けて、親の許しも得て、同居犬の配慮と応援ももらい、まだ夕方だがこれから『初夜』を迎えるんだ、とドキドキ覚悟を決めていたのに、相手にとっては自分はまだ小さなリスの印象が強くて、恋人として愛し合うには未熟だと思われているのかもしれない、とイリヤはしゅんと目を伏せる。

心が冷えたら身体も震え、まだ裸にマントを羽織(はお)っただけだったので、「くしゅっ」とくしゃみをすると、

「あ、寒かったよな、さっきからそんなかっこさせたままで悪かった」

と服を取りに行こうとしたライジェルの背中に「待って！」とイリヤはすがりつく。

はらりとマントが足元に落ち、

「……あの、服じゃなくて、僕があの夜あなたにしたみたいに、あなたの肌で、あたためてくれませんか……？」

と震える声で誘う。

せっかく人間になれたのに、小動物のように愛(め)でられるだけでは嫌だった。

ちゃんと恋人として見てほしくて、必死にしがみつくと、ライジェルは押し殺したように低く呻(うめ)き、振り返ってイリヤをがばっと抱き上げて寝台に運んだ。

「せっかくおまえのためを思って待とうとしてるのに、なんで煽(あお)るんだよ」

寝台に押し付けられて咎めるように言われ、

「だ、だって、シーファーさんのことが大好きだから、リスのままではできないことを、この身体ならできると思って……」

と不興を買ったのかと身を竦めながら弁解すると、

「おまえってやつは、リスでも人間でもどうしてくれようってくらい可愛いな……！」

と怒ったように言いながら、嚙みつくように唇を塞がれた。

「ンッ、んぅっ……ンンッ……」

さっきリスの自分にしてくれたものとは比べ物にならない情熱的な口づけに、心臓が壊れそうに脈打つ。

すこし怖かったが、彼が自分を恋人として求めてくれると思うと誇らしさと喜びしか覚えず、差し入れられた舌を懸命に吸い返す。

「ん、ぅん…っ、んん……ふっ……」

ちゃんと応えられているかわからないが、相手にされていることをなんとか真似して舌を絡めていると、ぎゅっと両手首を寝台に縫い留めるように摑まれた。

唇を離され、はぁはぁと肩で息をしながら見上げると、

「……もう人間になったばかりでも、遠慮しないぞ」

と興奮した眼差しと声で低く告げられ、遠慮なんて端からしてほしくなかったから、イリヤ

はこくんと頷く。

再び唇を塞がれて、口の中に流れてくる相手の唾液を飲みこみながら濃厚なキスに酔う。

口づけを解かないまま彼は自分の服を剝ぎ、膝立ちでイリヤの裸身を凝視してくる。

「……綺麗だな。おまえみたいに身も心も無垢なものを、俺はいままで知らなかった……」

感嘆するような呟きとチリチリと音がしそうな熱い視線にイリヤは全身を赤く色づかせる。

一糸纏わぬ姿でひしっと抱きすくめられ、前回こうしたときの氷のような冷たさではなく、火傷しそうに熱い相手の肌が嬉しくて顔をすりつける。

「……そういう可愛いことをされると、困るんだが」

なにかを堪えるような声で言われ、なにが困るのか聞こうとすると、ぎゅっと腰を引き寄せられて熱くて硬いものを下腹部に押しあてられる。

「あっ……！」

相手の興奮を直に感じ、イリヤはビクッと震えて息を飲む。

「いままで禁欲が長かったから、おまえにちょっと可愛いことをされるだけでも呆気なく達きそうなんだ」

ひどい苦境にも耐えた強い相手に弱ったように言われたら、なんだか自分が無力な小リスだったときより力を得たような得意な気分になり、もっと可愛いことをして困らせたくなる。

でも相手がなにを可愛く思うのかよくわからず、抱きしめられた肩口にチュッチュッと唇をつけ、手足をぎゅっと巻き付かせてさらに密着する。

　これじゃたいして可愛くないかも、と思ったが、脚の間に当たるものがさらに硬く大きくなり、可愛かったのかな？　と微笑むと、急に腰が浮くほど掬いあげられ、押しつけながら揺らされ、「アッ、アッ、アァッ！」と高い声を上げてしまう。

　相手の熱りたったものを脚の間に擦りつけられ、いままで感じたことのない強い快感に驚きながらも抗えずに夢中になる。

「あっ、はっ、これ、きもちぃ……っ」

　尖端から汁を滴らせた硬いもので擦られながら、首筋にキスをされ、尻たぶをこねられ、乳首を摘まれ、どこもかしこも気持ち良くされてしまう。

　元々リスの時から人に撫でられるのが好きなのに、大好きな人に情熱を込めて弄られたらひとたまりもなく、我慢できずにぴゅっと白いものを放つと、ライジェルは達したばかりのイリヤの性器をためらいなく口に含んだ。

「え……、あ、待っ、シーファ…さ、…んあぁっ！」

　中に残るものまですべて吸いつくそうという勢いでしゃぶりつかれ、驚きと強すぎる快感に涙を浮かべて悶えることしかできない。

「やっ、ぁんっ、ううんっ……！」

　相手にこんなことをさせていいのか、いけないんじゃないのかと思うのに、相手はイリヤの性器を美味な果実でも食むように舐め回し、根元まで飲み込んでじゅぽじゅぽと頭を振り立ててくる。

「あっ、アッ、ダメ、また出ちゃ……っ！」

一度目の余韻を味わう間もなくふたたび射精寸前まで昂められ、爪先を丸めて叫んだとき、くるりと身体を裏返され、腰を高く引きあげられた。

「イリヤ、こっちも可愛がらせてくれないか」

荒い息で囁かれ、なんの許可を求められたのかわからなかったが、相手がしたいことならなんでもしてほしかったから、こくんと頷くと、ぺろりと尻尾があった場所を舐めてから、ぐにゅりと奥まった場所へ舌を這わされた。

「ひ、ひぁあっ……！」

ぶわっと身体じゅうの産毛を逆立てて、「やっ、ダメ……！」と相手にそんなことをさせたら済まない気持ちで逃げようとしたが、逆により深く尻に顔を埋めて舐め上げられる。

「アッ、ああっ、やっ…、んぁんっ……！」

まるで当然のことのように後孔を舐めまわしていた舌を中に差し入れられて抜き差しされ、人間同士なら普通にすることなのかも、と思いながら羞恥に耐える。

ぷちゅぷちゅ音が立つほど唾液を塗りこめられ、舌を抜かれて代わりに指を入れられた。

「う、ぅうんっ……！」

長い指で中を探られ、きゅっと力が入って阻むように指を締めつけると、背中に何度もキスを落とされ、反対の手で乳首や性器をあやすように弄られる。

「シーファーさ…、シーファーさん……っ」

与え続けられる過剰な快感に名を呼びながら喘いでいると、

「イリヤ、名前で呼んでくれないか……？」

とねだられ、胸を熱くしながらこくこく頷く。

「ラ、ライジェルさん……」

ずっと呼びたかった名前を口にするだけで心を愛撫されたように快感を覚え、何度も口にしたくなる。

中の襞を擦っていた指が、ある部分に触れた瞬間、「ああっ！」と身を仰け反らせて叫んでしまう。

一瞬そこは触られたくないと嫌悪感のようなものが走ったが、嫌だからではなく、気持ち良すぎて怖いだけだとすぐにわかった。

そこをぐりぐり弄られて、

「あっ、あんっ、きもちぃ…、お尻の…中、すご、きもちいよぅ……っ！」

と敷布を両手で握りしめ、無自覚に尻を揺らしながら舌足らずに喘いでいると、背後で彼の喉がごくっと大きく鳴る音が聞こえた。

三本含まされていた指を抜かれ、はぁはぁと肩で息をしていると、右手を取られ、そのまま背後に回された。

「……イリヤ、こんなの奥に挿れるの、怖いか……？」

後ろ手に彼の熱く滾ったものに触れさせられ、一瞬驚いて手を離してしまったが、こくっと息を飲んで、もう一度そろりと手を伸ばす。

そっと尖端に触れ、びくりと揺れる屹立を握り、太さや長さを手の感触で確かめる。

想像以上に大きい気がして怯んだが、イリヤが触れただけで相手が感じ入るような吐息を漏らすのが聞こえたから、中に招いてもっと感じてほしくなる。

イリヤは迷いやためらいを捨て、

「……ライジェルさん、怖くないから、僕と、人間同士の営みを、最後までして……？」

と精一杯色っぽく言ったつもりなのに、背後でくすっと笑われてしまい、なんか変だったかな、と慌てたとき、入口に熱い尖端を押し当てられた。

はっと息を飲むと、

「じゃあ遠慮なく営ませてもらうな」

と言いながら、ずぶりと尖端を押しこまれた。

「あぁっ、う、うぅんんっ……！」

ゆっくりと大きなもので身を拓かれ、見開いた目に涙が滲む。

狭い場所を埋め尽くされる圧迫感や痛みだけでなく、初恋の人間の恋人とこうして結ばれた喜びで、嬉し涙が込み上げる。

「……ライジェルさん……」

こうなれて嬉しいです、僕を選んでくれてありがとうございます、ちゃんと僕の中で気持ちよくなってくれてますか、など口に出して伝えたいことはたくさんあったが、胸も身体もいっぱいで、声にならない声で名前を呼ぶことしかできなかった。

彼は最奥に留まってイリヤの髪や背中を撫でながら、

「イリヤ、ごめんな、苦しいよな」

と声も出せないくらい辛いのかと思ったらしく、懸命になだめてくる。

違うんです、嬉しいだけ、と首を振って伝えると、「ほんとにおまえは健気で可愛いな」とたまらないように背中から掻き抱かれる。

「あぁっ……！」

律動はしなくても、体勢を変えた弾みに意図せず突きあげられてしまい、悲鳴を上げてぶるっと肌を粟立てる。

同時に中も締まったのか、彼も身震いして「……ごめん、ゆっくり動くから」と堪え切れないように腰を遣いだした。

「んっ、んっ、アッ、はっ……」

大きな手で腰を摑まれ、中も大きなもので律動され、自分が小さなリスに戻ったのかと思うほど圧倒的な快楽に翻弄(ほんろう)される。

「ライジェルさん、好き」と繰り返しながら、後孔を出入りする剛直(ごうちょく)にもう一度後ろ手を伸ばすと、ビクッと相手が震えて動きを止める。

「こら、可愛いことするなって言っただろ」

さっきは自分で触らせたくせに甘い掠(かす)れ声で咎められ、

「……だって、ライジェルさんのこれも……、触るの好きだから……」

と触れるだけで聞かなくてもちゃんと感じていると教えてくれるものに愛おしく指を這わせると、動物じみた唸(うな)り声を上げてうなじを甘嚙みされる。

「……俺だっておまえの全身を触るのも、舐めるのも嚙むのもしゃぶるのも大好きだからな」

張り合うように言われ、二度目の絶頂を迎えたあとも、その言葉を実地で証明するように何度も愛された。

＊＊＊

「……あの、なんでそんなにじっと見るんですか……？」

愛玩動物としてではなく、ちゃんと恋人として愛されていると身体でたっぷり教わったあと、しばし気を失っていたようで、目を覚ますと、ライジェルがじっとイリヤを見つめていた。

こちらが起きたと気づいても、微笑して凝視を続けるので、照れくさくていたたまれずに目を逸らす。

ふと、まさか寝ている間に中途半端にリスに戻って髭でも飛び出して、面白いことになってるから見てるのかも、と焦って両手で自分の頬に手を当てて確かめると、

「なにやってんだ」

と笑われる。

「いや、えっと、もしかして、僕の顔にリスの髭とか生えてるから見てるのかと思って……」

手に髭は触れなかったが、なにかおかしなことになってたらどうしよう、と怯えながら窺うと、

「違うよ、なにも生えてない。ただ、おまえが人間になるとこういう顔になるんだな、と改めてじっくり見てただけだ」

と甘やかな声で言われた。

「お、おかしいですか……？　この顔……」

まだ鏡でちゃんと自分の顔を見ていないので、不安になって問うと、

「いや、すごく可愛いよ。前に助けてもらった夜にもうっすら顔を見て、あまりにも可愛いから天使かと思ったくらいだし。……さっきは小悪魔だったが」

と片頬で笑まれ、イリヤはかぁっと耳まで赤くする。

両想いになる前の素っ気なさが嘘みたいに直球の物言いをする恋人に動揺し、「このエロリスめ」とか言われたりしないうちに急いで話題を変えなくては、と慌てふためく。

「えっと、あの、ライジェルさん、僕、もし運命の相手に出会えたら、手を繋いで並んで歩くのが夢だったんです。だから、今度森を歩くとき、一緒に手を繋いで歩いてくれませんか……?」

もうすでに大きな願いや夢が叶っているが、欲張って小さな願いも口にすると、

「まったくおまえは、可愛すぎて俺を腑抜け(ふぬ)にするためにどっかから送りこまれた刺客じゃないだろうな」

と意味不明の文句を言いつつ、クーストースを迎えに納屋に向かうとき、早速(さっそく)手を繋いで夢を叶えてくれた。

実は可愛いもの好きですが、なにか

jitsuwa kawaiimonozuki desuga, nanika

嬉しくて寝つけないという夜を過ごすのは、幼い頃以来かもしれない。

三年前にこの地に流され、終の住処として与えられた家を見たとき、下級貴族の目にも驚くようなあばらやで、薪小屋か鳥小屋の間違いではないかと目を疑った。

無期流刑囚の獄舎ならこれが相応かと思いつつ、無実なのにこんなところにこのさき一生閉じこめられて暮らすのか、と失意の溜息しか出てこなかった。

おそらく再審も恩赦も期待できず、二度とここから出られないなら、せめてすこしでも居心地よくしようかとも思ったが、そうやって受け入れることはティリアンの企みに屈することになると思い、意地でも手を入れたりせず、毛皮を買ってくれる対岸の村の市で気のきいた壁飾りやカーテンに使えそうな布などを見かけても、あえて見ないふりをした。

そんな殺風景な部屋の寝台にずっと独り寝をしてきたが、今はぴったりとかたわらに寄り添う小柄なぬくもりがあり、肩口ではすこやかな寝息が聞こえる。

頬をふわふわと柔らかな毛先でくすぐられるのも初めての感触で、喜びとときめきで胸がいっぱいで、とても眠気など訪れないし、眠ってしまうのが惜しい。

リスから人間になったイリヤと心を通じ合わせ、身体でも愛を交わし合ってから数刻が経つが、本当にこんな幸せなことが自分の身に起きたのかと、まだすこし信じられない。

長らく救いのない境遇にいたせいで不遇慣れしてしまったのか、この降ってわいた夢のような幸福をすんなり享受していいのか、ひょっとしたら明日目が覚めたら消えてしまう幻なのでは、という不安が捨てきれない。

　自分の左腕を枕にして眠るイリヤの体温も重みも吐息のかすかな湿り気も確かに本物で、この幸福は夢や幻じゃない、と安堵するそばから、天使のように可愛い寝顔に見惚れているうち、もしかしたらイリヤは本物の天使で、神から哀れな男を幸せにせよという命を受けて自分のもとに舞い降り、見事使命を果たしたから朝には羽が生えて天界に戻ってしまうかもしれない、と新たな不安が湧きおこる。

　もし本物の天使だったとしても、なんとかここに留まってくれるように土下座して懇願して、それでも神の御許に帰るというのなら、羽を捥いででも天には帰すまい……！　などと情緒不安定な妄想が止まらず、誰にも連れていかせないようにひしっと掻き抱くと、すやすやと眠っていたイリヤが「ん……」と小さな声を漏らして身じろいだ。

　ハッと動きを止め、きつく抱きしめ過ぎて起こしてしまったか、と焦って腕を緩めながら様子を窺う。

　イリヤは目を閉じたまま、こちらの胸元に添えていた手をすりすりと確かめるように動かし、ちゃんといると安心したのか、口元に笑みを浮かべて再び穏やかな寝息を立てはじめる。

　その仕草のあまりの可愛さに胸が詰まり、思わずツーッと熱い涙が両目から溢れそうになったが、可愛すぎて泣くなんてどうかしている人のようで、ぐっと堪える。

　窓からの淡い月と雪の灯りを頼りに、瞬きするのも惜しい気持ちでイリヤの寝顔を見つめ続けているが、昨日までリスだった姿に馴染みがあるので、人間のイリヤの顔はまだすこしだけ見慣れず、新鮮に映る。

小さなリスと少年ではまったく違うようでいて、中身が同じせいかどことなく雰囲気が似ている気がするし、自分を見つめる瞳の輝きはそっくりだと思う。

ライジェルは愛おしくイリヤの髪に頬をすり寄せ、リスの名残のようにぴょこんと外に跳ねる一房を摘まんでそっと指に絡める。

イリヤという宝物を得られたことは、自分の人生で一番の僥倖だとライジェルはしみじみと噛みしめる。

出世欲はないほうだが、それなりに出世街道を渡っていた矢先に足を掬われ、自分をどん底に突き落とした男を友と信じていただけでも情けなくみじめなのに、血の繋がった身内くらいは救いの手を差し伸べてくれるかと思いきや、家名を穢した不届き者とは縁を切るという絶縁状が牢獄に届き、人の冷酷さと無情さを思い知り、心がひび割れた。

罪人の汚名を着せられる前は、一族から出来のいい嫡男だと誇りに思われていたし、元婚約者にも本気の恋情を寄せられていると思っていたが、そんなものはなにかあれば一瞬にして消えるような儚いものだと身に沁みてわかり、流刑になってよかったことは二度と友情だの愛情だの家族の絆だのという薄っぺらいものに振り回されずに済むことだと思った。

自分にはもう誰かを信じたり、ましてや愛することなど決してできないと思っていたが、分厚い氷のようだった自分の心を、小さなリスのイリヤが大きな愛と真心で溶かしてくれた。

初めてリスのイリヤと出会ったとき、まさか恋の相手になるとは思わなかったが、リスってこんなに可愛かったのかとひそかに驚いたのは事実だった。

森で見かけるリスは自分やクーストースの姿を見るとサッと逃げてしまうので、並べて見比べたわけではないが、イリヤの可愛さは贔屓目を抜きにしても群を抜いていると思う。

普通のリスもそれなりに可愛いが、イリヤはメイゼルの森出身ならではの会話ができることで驚くほど表情が豊かで、そのどれもがとびきり愛らしいし、中身の人柄ならぬリス柄のよさが滲み出ており、最初に鷹に襲われて傷だらけの姿を見たとき、こんな可愛い生き物を絶対死なせるわけにはいかない、と常にない使命感に駆られて徹夜で看病し、翌日目を開けたときは心底ホッとした。

イリヤに会うまでは、ジリアンたちと仕事上の連絡や報告をする以外、私的な会話はほとんどしておらず、家でクーストースに話しかけて犬語の返事や利口な眼差しが返ってくれば充分意思の疎通は図れたし、それで会話が成立するから満足だと思っていたが、イリヤと話をしてみて、やはり言葉が通じる相手との会話は楽しいし、それが波長の合う相手なら、他愛ないおしゃべりでも心が和んで軽くなるということを思い出した。

イリヤが最初に自分の冤罪を晴らしたいと言ってくれたとき、まだイリヤの本気を見くびっていたから、三年かけてようやく塞いだ瘡蓋をめくられるのは御免だと聞く耳も持たず突き放し、その後何日通ってきても本気を試すように追い返してしまった。

諦めずに毎日小さなおみやげを持って通ってくる姿はけなげで、本心ではもう「どうぞ」と戸を開けてやりたかったが、きっかけがつかめずにいたとき、ジリアンからの天の助けがあり、それじゃあしょうがないなという態で招くことにした。

家に来客があるというのは三年ぶりの椿事だったから、たとえそれが小リスでもひそかに胸が弾んだ。

せっかくの来客だというのに、置き物ひとつない殺風景さが初めて気になったが、一応掃除だけはきちんとし、せめてものもてなしにクーストースを迎えに行かせ、何度か試作して一番綺麗に半分に割れた胡桃の殻をティーカップに選んだ。

姿も中身も可愛いリスとのお茶会は、思いのほか癒し効果が高かったが、大の男がままごとを楽しんでいるかのようで内心照れくさく、つい渋々つきあってやっているような態度を取り続けてしまったが、安心して話せる大事な友ができたような気でいた。

恋心を告げられたときも、リスに言われても、と半笑いするような気持ちにはまったくならず、むしろそのへんの人間の女や男に言われるよりずっと嬉しく感じた。

二度目に冤罪について聞かれたとき、いままで誰一人まともに取り合ってくれなかった話に真摯に耳を傾けてくれ、ボロボロと大粒の涙を流して憤り、悲しんでくれ、その涙を見ただけでも話してよかったと思ったし、自分のために泣いてくれ、本気で助けたいと思ってくれたのはこの世でイリヤだけだと深く胸に沁みた。

　そのうえ氷の湖で死にかけた自分を救うために人に姿を変え、己の身も顧みずに力を尽くしてくれ、自分のためにそんなことをしてくれるのはやはりイリヤだけだし、そこまで愛してもらえたら、もう人間じゃなくてもいいと本気で思った。

　イリヤとなら、心の繋がりだけでも一生大事にして最後まで添い遂げられるという自信があったが、まさかこんな可愛い姿になって自分のものになってくれるなんて、やっぱり神はいたんだなと思えてくる。

　この三年は神などいないと恨んだし、自分にはもう二度と得られないと思っていた喜びや幸せややすらぎを、全部イリヤが抱えて運んできてくれた。

　俺のもとに来てくれて、本当にありがとうな、と今夜何度告げたかわからない感謝の言葉を胸のうちで呟き、ライジェルはイリヤの額に恭しく口づける。

　そっと唇を離し、ついでに鼻の頭にチュッと触れ、柔らかな頬にも軽く触れる。

　起きているイリヤにこんな風にベタベタしたら、きっと真っ赤になって照れたり、嬉しそうに首をすくめたり、ツツツと恥じらい顔で背中に隠れてきたり、ものすごく可愛い反応を見せてくれると思う。

　その姿を目に焼き付けたいのは山々だが、この三年「愛おしいもの」や「可愛いもの」に無縁すぎて完全に免疫がなくなっており、迂闊にイリヤの可愛い様を見てしまうと平常心を保てる自信がまったくない。

昨日もキアラやホリーのいる前でデレッと崩壊した顔を晒してしまい、ふたりに信じられないものを見たような目つきをされてしまったし、昨夜の営みの事後も、リスの髭が生えたのかと慌てる仕草や、森を手を繋いで歩きたいという願いなど、可愛すぎるイリヤの言動にいつ顔が融解するか心配だった。

きっとこのさき可愛いイリヤにときめくたびに顔面がまずいことになったり、「うおぉーッ！」と吠えたくなったり、不審なポーズで悶絶したり、熱い涙が頬を伝ったり、意味不明な言葉が口から漏れたりしてしまいそうで、これまでイリヤに見せてきた「どんな苦境にも耐えた孤高の人」という印象が崩れるおそれがある。

もしイリヤの好みが無骨で素っ気ない自分だとしたら、可愛いイリヤに舞い上がって浮かれるお調子者のような姿を見せたら幻滅されてしまうかもしれない。

イリヤに疎まれないためにも、イリヤが起きているときはなんとか冷静さを保ち、寝ているときだけこっそりベタベタしてひっそり悶えることにしたほうが無難な気がする。

よし、と頷いて、くうくうと安らかな寝息を立てるイリヤを見おろし、また吸い寄せられるようにまぶたに口づけ、くるんと反る長い睫を優しく食む。

細心の注意を払って慎重に触れているせいか、イリヤは目覚める気配もない。もうすこし顔まわり以外の場所にもキスしても大丈夫かな、とゆっくり頭の位置を変え、首筋に唇を滑らせる。

細く滑らかなうなじに唇を押し当てると、すこやかで張りのある肌がやけに美味しそうに思えて、小さく唇を開いてチロッと舌を伸ばす。気づかれないように一瞬だけ舐めてすぐに唇を離したが、舌先にほのかに汗の味を感じ、喉がこくっと小さく鳴る。

先ほど行為のあと、くったりしたイリヤの身体を湯で絞った布で拭いてやったが、拭いたくらいでは消せないほど汗みずくになって抱き合った名残だと思うと、舌に残るかすかな塩味が甘く感じられる。

たったひと舐めで、イリヤの汗の浮いた肌を唇や舌で思うさま舐めたり吸ったりして可愛がった記憶が鮮やかに呼び覚まされ、つい同じようにぺろりとうなじを舐め上げると、

「あ、ん……っ」

とイリヤが甘やかな声を漏らした。

ビクッと肩を揺らし、やりすぎたかと急いでイリヤの顔を覗きこむと、どうやら一瞬くすぐったさに反応しただけで、またすうすう眠りに戻ったようだった。

ほ、と息をつき、ライジェルは真上からイリヤを見おろす。

いまは幼子のような顔で眠っているが、睦み合ったときのイリヤは驚くほど艶っぽく、覚えたばかりの性感に酔う表情も煽情的な姿態も耳を蕩かす喘ぎ声も頭にこびりついて離れない。

イリヤもいままで恋仲の相手はおらず、自分との行為が初めてだったというが、こちらも厳

格な家庭に育ち、男子も結婚までは清い身を通すべきで、結婚後も子を宿すため以外の行為は固く控えなければならないと牧師や家庭教師に教えを受けた。

そういうものかと特に疑いもせずに田舎の領地から王都に出てくると、宮廷内でも城下でも既婚未婚・異性同性・同種族異種族を問わず自由に性的関係を結ぶ者もいると知った。

親の目も届かず、なんとしても教えを守らなければ、というつもりもなかったが、遊び好きな同僚に城下の娼館に誘われても、金さえ払えば娼婦や男娼を好きにしていいとは思えず、結婚前の練習にと言われても、生身の相手を練習台にするということに心が咎めていつも誘いを遠慮していたら、堅物と思われたらしく、そのうち誘われなくなった。

元婚約者とも礼儀として手を取ったり、頬に挨拶のキスくらいはしたが、その程度の触れあいのみで、心から望んで身を繋げたいと思ったのはイリヤだけだった。

一応同僚からの耳学問で同性との行為についてもいくばくかの知識は得ていたが、心を通わせた当日に体まで求めるのはさすがに性急すぎるし、イリヤはまだ人になってまもないから後日改めて、と常識ある年長者として正しい判断をしたのに、イリヤのほうから裸ですがりついてきて、いますぐ抱いてほしいと懇願された。

そんな断るのが辛すぎる誘惑をされては陥落するしかなく、即座に押し倒してしまったが、本能のまま無体な真似だけはせず、イリヤが幸せと喜びを感じられるように大切に抱こうと思った。

途中まではそのつもりだったが、イリヤは中身がリスだからか交尾に対する抵抗感が薄いようで、人になって初めて触れられる乳首や性器への愛撫を嫌がったりせず、恥じらいつつもすぐに快楽を覚えて素直に浸(ひた)り、リスの尻尾(しっぽ)を振るように可愛い尻を揺すってあんあんと悶えられたら、もう理性など何処(どこ)かへ吹き飛び、我を忘れて貪(むさぼ)ってしまった。

そんな獣めいた自分をイリヤは拒(こば)んだり怯(おび)えたりせず、共に身を揺らしながら可愛い言葉やまなざしやきつく纏(まと)いつく内側で懸命に想いを伝えてくれ、こちらもたまらず妖獣(ようじゅう)のような咆(ほう)哮(こう)を上げたくなるほどの抱き心地だった。

めくるめくひとときをもう一度脳内で振り返り、華奢(きゃしゃ)な身体の奥の奥まで自分を受け入れて名を呼んでくれた甘い声や、あたたかく濡れた狭い場所の感触をまざまざと思い出し、じわりと下腹が熱くなる。

いますぐもう一度激しく抱き合いたい気分になってしまったが、こんなに気持ち良さそうに眠っているのに寝込みを襲うなんて礼儀に反するし、そもそもこういうことは双方の合意がなくてはしてはならないことだ、と己を戒(いまし)める。

それにきっと受け身のイリヤのほうが身体への負担が大きいだろうから、恍惚(こうこつ)の快楽に味をしめて盛(さか)りのついた獣のように頻繁(ひんぱん)に求めたら身体が辛(つら)いに違いない。

そのあたりは本人と相談の上、適正な性交頻度(ひんど)についてすり合わせをしなければならないだろう、とライジェルは真顔で思案(しあん)する。

でも、もし自分から「イリヤが可愛くて大好きだから毎日でもしたい」と恥を忍んで正直に伝えた場合、イリヤも本心から同意してくれれば問題ないが、年上の伴侶の要求には従わねばならないと忖度してしまい、本当は局所や股関節が痛んで毎日は無理と思っていても我慢して応じてしまう可能性もあるから、「イリヤはどのくらいの頻度なら、俺に抱かれてもいいだろうか」と先に意向を確かめたらいいのか。

いや、いまの訊き方は直截的で恥ずかしいから、まずは「イリヤは昨夜したことを、また俺としてもいいと思ってくれたかな」とやや遠いところから投げかけ、「はい」と言ってくれたら、「そうか、ありがとう。俺もイリヤとまた抱き合いたいと思っている」とそろりと核心に近づき、「だが、イリヤの身体に負担をかけたくないし、イリヤがしたいと望んでくれたときにまた抱き合えたら嬉しい」と伝えれば、こちらからぐいぐい「ちなみにそれはいつだろう。どれくらいでその気になる?」と前のめりに訊かなくても素直なイリヤは本音を答えてくれるのではないか。

それにいまふと気づいたが、イリヤの中身はリスだから、リスの習性がそのまま残っているとしたら、発情期もあるはずだ、とライジェルの目がキラリと光る。

昨日が初めてだったイリヤがあんなに感度よく乱れてくれたということは、発情期に入ったら、もっとすごいことになってしまうんだろうか、と思わず鼻息が荒くなる。

でも、たいてい冬眠をする動物は冬眠明けの春先に発情期を迎えるから、イリヤも昨日まで冬眠していたし、もしかすると目覚めたばかりのいまがまさに発情期なのかも。

それなら昨夜のイリヤが素晴らしく魅惑的だったのも納得いくが、いまが発情期なら、しばらくすると終わってしまうのでは、とはたと気づく。

もし発情期が春だけで、その後はぱったり性欲が失せてしまうとしたら、一年中発情期の人間の自分はどうしたらいいのか、とライジェルはスゥッと青ざめる。

性欲が消えたイリヤをなんとか言いくるめて行為に持ち込むことは不可能ではないだろうが、それでは伴侶といえど性暴力や性搾取になってしまう、と法律家として苦悩する。

しばし黙考したのち、たとえイリヤの発情期が年に三日しかないとしても、草一本生えない岩だらけの荒野のようだった自分の人生に、一輪の可憐な雛菊のように咲いてくれたイリヤと円満な関係を続けるためなら、長いお預けにも耐えてみせよう、と歯を食いしばりながら決意する。

強く食いしばりすぎて、ギギギと軋んだ音が思いのほか大きく口から洩れたとき、イリヤが「ん〜？」と寝たまま問い掛けるような声を出した。

うるさかったかもしれない、と慌てて歯ぎしりをやめて顔を覗きこむと、イリヤはむにゃむにゃと口を動かし、またくうくうと眠りだす。

本当に可愛いな、としみじみ思いながら見おろしているうち、やや我に返って、一人相撲のような脳内会議の不毛さに苦笑が漏れる。

自分ひとりであれこれ考えていても埒が明かないし、本人に確かめるのが先決だった。

照れくさい話題なのでやや聞きにくいが、イリヤの発情期の期間や性欲の程度、日頃の性欲の有無や発散方法、許容可能な性交回数や、昨夜いたした行為の中で好ましかったものやしてほしくない行為など、できるだけ詳しく聞いて今後に活かしたい。

もし発情期を過ぎたら一切の性的な触れ合いは控えてほしいと言われてしまったら、いまのように熟睡しているイリヤにこっそりキスしまくるくらいは許してもらおう。

どうやらイリヤは眠りが深いたちのようだし、さっきからさんざん口づけても起きる気配はないからきっとバレないはずだ、と安心して顔じゅうにキスの雨を降らせていると、ふと首筋のあたりに視線を感じた。

ハッと顔を上げて横を見ると、暖炉の前で丸くなった黒い影からふたつの光が浮かんでおり、じっとこちらを見ていた。


「……あ」

暖炉のわずかな残り火を映して赤く光るクーストースの瞳とかち合い、悪戯の現場を見つかった悪童のような焦った声を漏らすと、「ワウ」とくぐもった短い返事が返ってくる。

その響きと眼差しから意訳すると、

(別にご主人様のお好きにすればいいと思っていますが、さっきからチュッチュチュチュッチュッうるさくて、いつまで続くのかなと思って見ていただけです。イリヤと交尾するなら、こんな夜更けに納屋まで行くのも面倒なので台所のほうで寝ますから、どうぞご自由に）

とでも言っているように思え、ライジェルは薄闇の中でかぁっと顔を赤らめる。

昨日、人間になったイリヤと伴侶になったことを伝えたとき、利口な相棒はすんなり理解を示してすぐに席を外してくれた。

露骨（ろこつ）な配慮に照れつつも、ありがたくふたりだけの時間を持たせてもらい、鼻のきく相棒には意味がないと思いながら一応情事の痕跡を消してからふたりで迎えに行くと、イリヤにだけ通じる言葉でなにやらからかうようなことを言ったようで、イリヤがしきりに恥ずかしがっていた。

三人で家に戻り、狭いが暖かい部屋の暖炉の前にクーストースが寝そべり、寝間着がわりにぶかぶかの自分の服を着たイリヤが「おやすみなさい、クーストースさん」と声をかけてから嬉しそうに寝台にもぐってきて、恋人と相棒の目を閉じた顔を見ながらランプを消したとき、これ以上完璧な家族は望めないし、これ以上の幸せはないと胸が熱くなった。

そんな感動を覚えたあとなのに、すっかり目と鼻の先にクーストースが寝ていることも忘れてイリヤにちょっかい出しているところを見られてしまい、いたたまれない。

これまで相棒にも「俗世（ぞくせ）の欲を捨てた寡黙（かもく）な主（あるじ）」と思われてきたはずなのに、実は寝込みを襲うようなすけべじじいだと思われてしまう、と内心焦りながら、

「……あー、クーストース、起こして悪かったな。俺ももう寝るから、おまえも寝てくれ」
と小声で告げ、枕に頭を戻して天井を見上げる。

雪深い季節が長い北の庄でわざわざ戸外に犬小屋を作ることもないと思っていたが、今後は新しい寝場所を用意しないといろいろ不都合だな、とライジェルは思う。

共に暮らした三年間、なんでも隠さず見せてきた間柄だが、さすがにイリヤとの営みを見られるのは御免蒙りたいし、その都度納屋に出て行ってもらうのも申し訳ない。

クーストース用の立派な犬小屋を作って普段からそっちで寝てもらえばいちいち出て行かせることもないが、真冬は凍えてしまうし、イリヤが来た途端、外へ追い出すようなことをするとクーストースが傷ついてしまうかもしれないから、戸外ではなく、この家に増築する形でクーストース用の別室を設けたほうが納得してくれるかもしれない。

もしくはイリヤと自分の寝室を新たに建て増しして、クーストースにはいままでどおり暖炉の前で寝てもらうほうが落ち着けるだろうか。

それと、欲を言えば浴室も欲しいな、とどんどん改築案が頭の中で膨らんでいく。

元々ここには浴室も浴槽もなく、普段は井戸水で行水し、夏は風呂がわりに湖で泳ぎ、冬場は湯を沸かして布で拭くだけで凌いできた。

犬と男のふたりだけだし、多少臭かろうが誰も気にしない、と平気で暮らしてきたが、これからはイリヤもいるから、なるべく清潔にして嫌われないようにしたいし、睦み合った後にも湯を使えるほうがいい。

　でも、そこまで大々的に改築するなら、いっそもう一軒新しく建ててしまおうか。

　この家は囚人用の獄舎で国の所有物だから、勝手に増改築してはいけないかもしれないし、晴れて流刑囚ではなくなったのだから、もうここに住み続ける謂れはない。

　もっと広く快適な居間と壁の厚い寝室と使いやすい台所と浴室とクーストースの部屋を備えた新居を建てて、結婚の贈り物としてイリヤに捧げれば、きっと喜んでくれるに違いない、とライジェルは表情筋を全稼働させて満面の笑みを浮かべる。

　完成した新居を前にはしゃぐイリヤと歯を剥き出して尻尾を振るクーストースの姿が眼裏にくっきりと浮かび、よし、明日から忙しくなるぞ、とライジェルは心の鉢巻を締める。

　まずは設計図を描いて、いい場所を見つけて木を伐採して更地にして、寸法に合わせて材木を切ったり削ったり、家だけじゃなく家具も新しく作りたいし、やることは山ほどあるから、もしイリヤの発情期が年に三日と判明したとしても落胆している暇はないし、昼間がんがん力仕事に勤しめば邪念も発散できて一石二鳥だ。

　そうと決まれば早く眠って英気を養わないと、とライジェルは目を瞑る。

　そのとき、おやすみ、というように「んーぅ……」と小さくイリヤが声を漏らした。

　ライジェルは目を閉じたまま、腕枕した左腕の肘を折ってイリヤの頭をあやすようにとんとんと指先で優しく叩く。

なにかを愛し慈しむという気持ちや、明日が来るのが待ち遠しいという気持ちを思い出させてくれたイリヤの髪に顔を埋め、ライジェルは笑みながら眠りについた。

前夜、長々と考え事に耽っていたせいで、翌朝目を覚ましたときにはすでに日が高くなっていた。

陽の光が瞼に当たり、まぶしさに薄く目を開け、徐々に焦点が合っていく視界にイリヤの寝顔が映ったとき、ハッとしてライジェルは目を見開いた。

夢でも幻でも本物の天使でもなく、朝になってもちゃんと自分の隣にいてくれた、と感激を噛みしめる。

可愛い寝顔を見つめ、イリヤもまだ起きずに眠っているということは、昨夜かなり無理をさせたのかもしれない、と反省し、いたわりと愛を込めてキスをしようとしたとき、のしのしと近づいてきたクーストースに「オン」と（ご主人様、いつもより朝食が遅いですが）と軽く不満げな声で催促された。

「……すまん、いま用意してやる」

やっぱりなにもかもつつぬけで丸見えの狭い家じゃなく早く広い新居を建てなくては、と思いつつ、イリヤを起こさないようにそっと腕を抜いて寝台を下りる。

先にクーストースの朝飯を用意してから服を着替え、顔を洗って髭（ひげ）を剃（そ）っていると、

「おはようございます、ライジェルさん」

とこちらへ駆けよってくる軽い足音と共に背中から声をかけられた。

「すみません、僕、すっかり寝過ごしちゃって」

恐縮そうな声を耳にしてドキドキと逸（はや）る鼓動をなんとか鎮（しず）めながら、

「……いや、俺もいま起きたところだ」

と振り向かずに告げ、布で顔と剃刀（かみそり）を拭（ぬぐ）う間に表情を整えてから後ろを向く。

昨夜幾重（いくえ）にも折って着せた袖（そで）が寝ている間にほどけたらしく、指先しか見えない袖先でイリヤはしきりに頬を触っており、こちらと目が合うと、照れくさそうな赤い頬でもじもじしながら、「リスの髭、大丈夫ですよね……？」と小声で問われ、思わず（ふぐぅ！）と変な声が出そうになる。

寝顔も最高に可愛いが、起きて動くイリヤのなんという可愛さよ、とときめきと感動で心臓が狂ったように脈打っておさまらないが、なんとか平静を装（よそお）う。

「まだ横になってていいぞ。昨日は疲れただろうし、朝食ができたら声をかけるから」

昨夜は幾度も抱いてしまったから負担をかけただろうし、ひとりで食事を作る間にときめきで挙動不審になりそうな心を落ち着かせよう、と思いながら言うと、

「いえ、大丈夫です、いっぱい寝たのでもう元気です。ええと、朝ごはんは僕が作りますって言えたらいいんですけど、ちょっとまだ人間用の食事を作ったことがなくて、量とか味付けとかがわからないので、そばで見ててもいいですか？」

と小首を傾げて問われ、また心の中で（ふぬぅーッ！）と叫びたくなる。

「……構わないが」と声が裏返らないように気をつけながら言うと、イリヤは嬉しそうに頷いてちょこまかと横についてまわる。

「へえ、床下にいろいろ貯蔵してあるんですね。籾殻に入れておくと生でも保つとか知りませんでした。この塩漬けや酢漬けもライジェルさんが作ったんですか？」

「ああ。ほかにやってくれる人もいないしな。イリヤの故郷では冬の間の貯蔵はどうしてるんだ？」

「メイゼルの森は常秋で一年中リスの食べ物には困らないので、貯蔵の必要がないんです」

「そうか、そうだったな。昨日おまえを迎えに行ったときにちょっと見ただけだが、本当に一面の紅葉が見事だった。いいところで育ったな」

台所用ストーブの上に鍋を置きながら言うと、

「はい、大好きな森なんですけど、いまはこの北の庄の森のほうが好きです。……ここにはライジェルさんがいるから」

と告げてから恥じらうように下唇を噛んで目を伏せられ、込み上げる愛しさに（ぐ

わぁーッ！）と吠えたくなる。そのあとも、

「ライジェルさん、すごいですね！　人が使うナイフってリスのものに比べてとんでもなく大きいのに、組板も使わずにお鍋の上で手も切らずに野菜や腸詰を切ったりして……！」

などと全然たいしたことをしてなくても、リスのときのような『キラキラ』や『きゅるん』と表現したくなる瞳で絶賛してくれ、可愛さと照れくささに（ぬはぁーッ！）と喚きながらその場でどたばた足踏みしたくなる。

「……できたぞ。向こうで食おうか」

なんとか平常心を装い、パンと具だくさんのスープをテーブルに運ぶ。

いつも自分が座っていた椅子にイリヤを座らせ、自分は塩の入っていた空樽を持ってきて向かいに座る。

一緒に食べ始めてから、ふと普段食べているのと同じようなものを用意してしまったが、イリヤはすこし前まで王宮で宮廷料理を食べたり、ジリアンのところで料理上手のホリーさんの手料理を食べていたんだよな、と思い出す。

「イリヤ、こんな簡単なもので悪いな。いつも食えりゃあいいという感じで作ってるから、城の食事やホリーさんの手の込んだ料理に比べたら質素すぎて物足りないだろうが、量だけはあるからな」

そう弁解すると、イリヤは大きな目を見開いてぶんぶんと首を振った。

「質素とか物足りないなんて、全然そんなことないです！　僕はこういう味が好きだし、作ってるときのライジェルさんも、かっこいいのはもちろんのこと、片手でスープのお鍋をかきまわしながら、反対の手で離れた棚の壺に手を伸ばして塩やこしょうを指先で摘まんで入れたりしてて、リスのときは手が短かったから、神業に見えました！　味もお世辞じゃなく、クリームとかお酒とか香辛料とかがどっさり使われてる宮廷料理より、僕はライジェルさんのスープのほうが野菜本来の味がして美味しく感じます」

　そう言ってイリヤは木の匙で掬ったスープをぱくっと口に入れ、本当に口に合っているような笑顔でこくんと飲み込む。

　すべての言葉と表情が可愛くてたまらないうえ、初めて助けた日の翌朝に、小リスのイリヤに食べさせてやったのと同じ匙で美味しそうにスープを飲むイリヤを見ていたら、胸が詰まってまたぶわっと両目から滝の涙が溢れそうになったが、

「そうか。よかった」

　と落ち着いたそぶりで答えると、イリヤはパンを手に取って言った。

「僕も早く人間の道具に慣れて、人の料理も覚えて、なるべく早くライジェルさんに美味しいと思ってもらえるごはんを作れるようになりたいです」

　ひとくち大にちぎったパンを前歯で齧りながらニコッと笑みかけられ、ライジェルは軽く天を仰ぐ。

なんでこんなに可愛いことしか言わないんだ、俺の天使は。いや、「天使」という語を使うと本当に羽が生えて飛び去ってしまうといけないからやめよう。

もとい、俺の最愛の恋人はリスだったときも死ぬほど可愛かったが、人になっても一挙手一投足が可愛すぎて、もう心臓が苦しい。

片手で左胸を押さえながら息を整えていると、

「ライジェルさん、どうかしました？　具合でも……？」

と向かいから心配げな顔で身を乗り出され、「いや、なんでもない」と首を振る。

病ではないと安心させるために、「本当に大丈夫だ」と軽く口角を上げて微笑すると、今度はイリヤがハッと小さく息を飲んで固まった。

「どうした、イリヤこそ」

もしかしたら、いま身を乗り出した弾みにズキッと局所が痛んだりしたのかも、と思い当たる。

昨夜何度も抽挿してしまったせいで腫れたり傷になっているかもしれないから、食後に医学的見地から見せてほしいと説得して、薬を塗ってあげなければ、と考えていると、イリヤは薄赤くなった顔を左右に小さく振り、

「……なんでもありません。いままであんまり笑った顔は見せてもらえなかったけど、昨日から時々、いまもまた貴重なライジェルさんの笑顔が見られたから、嬉しくてドキッとしちゃっ

ただけです」

と照れたように首を竦められ、また（ぐわぁーッ！）と叫んでテーブルにゴンゴン頭を打ちつけたい衝動に駆られるが、なんとか奇行に走らないように己を戒め、話題を変える。

「……イリヤ、おまえのおかげもあって自由の身になれたことだし、もっと大きな家を建てて、この獄舎を出ようと思っているんだ。設計図を描くから、どんな家に住みたいか、聞かせてくれるか？」

「えっ、新しい家を？　ライジェルさんがご自分で建てるんですか？　大工さんに頼まずに？」

驚いたように問われ、メイゼルの森でリスの大工が家づくりしているところを想像して微笑ましくなりながら頷く。

「ああ。老朽化した観測所の改築工事を手伝ったことがあるし、以前ここにいた人の本が残ってて、建築学の本もあったから、暇にあかせて読みこんでたんだ。建て方は頭に入ってるし、たぶんなんとかなると思う。……ここでは都の宝石商で扱うような指輪は手に入らないから、結婚指輪の代わりに、一から自分で建てた愛の巣をイリヤに贈りたいんだ」

口にしてから、かなり照れくさい語彙を使ってしまった、と内心羞恥に悶えつつ辛うじて真顔を保っていると、イリヤは「えっ……」と目を見開き、持っていた匙を震える手からぽとりとスープ皿に取り落とし、じわりと涙ぐんだ。

「……あ、ありがとうございます……。ライジェルさんと結ばれることができただけでも奇跡みたいに幸せだから、指輪とか、人間の世界で送りあうような品が欲しいなんてちっとも思ってなかったのに、いまライジェルさんがおうちを造ってくれると言ってくれて、そこにずっとふたりで…あ、もちろんクーストースさんも一緒に、みんなで住めるなんて、こんな最高の贈り物は、生まれてはじめてです……」

イリヤはぽろっと零れた嬉し涙を拭ってから、ぱぁっと日が射すような笑顔を見せた。

「じゃあ、是非僕にも手伝わせてください。大工仕事の経験はないからお役に立てるかわかりませんけど、やる気だけは満々だし、いないよりはマシな働きをしますから！」

片腕をむんと曲げて立派な力こぶでもあるかのように反対の手でパンと叩いてみせるイリヤに（可愛い愛しい可愛い愛しい）と脳内がその二語で埋め尽くされながら、

「……いや、気持ちだけもらっとく。作業中は木が倒れてきたり、いろいろ危ないこともあるし、怪我なんかさせたくないから、完成するまではここでひとりで待っててくれ」

と可愛い申し出を遠慮すると、イリヤは「そんな……」と笑顔を一変させる。

「僕が非力で使い物にならないと思ってるんだったら、これでも結構力があるんですよ？　ライジェルさんは気絶してたから覚えてないだろうけど、溺れてすごく重いライジェルさんを気合いで引っ張りあげられたから、きっと大きな丸太だって運べると思います！」

己の腕力をなんとか売りこもうとするイリヤにクーストースが「ワゥン」と口を挟み、「あ、もちろんクーストースさんが一緒に引っ張って助けてくれたのも大きいですけど」とイリヤが急いで言い添える。

　ライジェルは片手を首に当て、

「その節はふたりに心から感謝してるし、別にイリヤが非力で役に立たないと思ってるわけじゃない。ただ、本当に危ない目に遭わせたくないだけだ。それにおまえへの贈り物なのに、おまえに手伝ってもらうってのも、なんか変だろ。完成してから『どうぞ』って渡したいし。……どうしてもなにか手伝いたいっていうなら、毎日昼飯を届けてくれないか。一緒に飯を食って休憩したら、また午後も頑張れると思うし」

　と提案すると、イリヤはしょんぼりと目を逸らした。

「……僕への贈り物でも、ふたりの愛の巣なんだから、僕も一緒に手伝ったっておかしくないと思うんですけど……。お昼を届けに行くとき以外、ひとりで家で待ってるなんて淋しいです……。人の料理の練習したり、掃除とか洗濯とかやることはいろいろあるし、すぐ日が暮れてライジェルさんが帰ってきてくれるってわかってても、やっぱり淋しい……。それならまだリスの身体のままならよかったな。リスなら工事は手伝えないけど、首に巻きついたり、ポケットに潜ったりして、ずっとライジェルさんと一緒にいられるし……」

　すこしの間も離れたくないと淋しがるしょげた表情と、リスに戻ったイリヤを懐に入れたり、首に巻いて作業する様を妄想して、なにもかも可愛すぎる……！　と怒濤のような衝動が込み上げる。

堪え切れずに真顔でガタッと立ち上がり、俯くイリヤの顎に手を添えて上向かせ、テーブル越しに唇を奪おうとした瞬間、ノックの音がした。

「……ッ」


狙いすましたような間合いでキスの邪魔をされ、思わず舌打ちしそうになる。

ほぼ来客のないこの家になにかの用があって訪れるのはジリアンかホリーくらいなので、よっぽど重要な用件じゃなければ許さん、と憤りながら戸を睨むと、

「ライジェル・シーファー殿はおいでかな」

とジリアンではない平板な男性の声がした。

滅多に耳にしないが、ごく最近聞いた声の主に思い当たってハッとしたとき、イリヤも「ケアリー卿……?」と呟く。

一昨日冤罪を晴らしに王宮に乗りこんだ際、事件の真犯人は別にいると無実の後押しをしてくれた恩人だが、何故いまここに、と怪訝に思いながら戸口に向かう。

番犬として聞き慣れない声に警戒してダッと戸口に走るクーストースを制して扉を開けると、そこにはケアリー卿だけでなく、やや小賢しげな顔つきのリスを肩に乗せたアシェル王子と、もうひとり見知らぬ黒髪の長身の男が立っていた。

「ア、アシェル王子様……、なにゆえこちらにおでましに……」

一昨日のお目見えがきっと最後になるだろうと思っていた高貴な御方の突然の来訪に驚きつつ、急いで片膝をついて低頭すると、背後から、

「王子様！　それにピムも……、またお会いできて嬉しいです……！」

とイリヤが声を弾ませて駆けよってくる。

イリヤがしばらく王子様の側仕えをしていたことは聞いていたので、イリヤに会いに来たんだろうかと思っていると、

「あなたが、あのイリヤなのですか……？」

と戸惑うような王子様の声と、「ええっ！　……あっ！」と甲高い小動物の驚愕した叫びと、

「こら、アシェルの肩でチビるなよ、ピム」と窘める見知らぬ男の声が立て続けに耳に届く。

王子様を呼び捨てにするとは、一体どんなご関係なんだろう、と思いながら跪いていると、

「シーファー殿、どうぞお立ちを」と王子様に肩に手を置かれた。

「……恐れ入りましてございます」と目だけ上げて王子様とケアリー卿の表情を確かめてから静かに立ち上がると、隣でイリヤが勢いこんで、

「王子様、僕、本当にイリヤなんです。お城からこちらに飛ばされて、オオタカの餌食になりかけたときにライジェルさんに救われて、王子様がおっしゃったように『この方だ』って天啓のようにわかったんです。小さなリスでも人間のライジェルさんに見合う恋人になりたいと願ったら、キアラ様が魔法で叶えてくださったんです」

と王子様に懸命に伝える。

王子様はじっとイリヤを見つめてから、小さく頷き、

「たしかに声はイリヤのものだし、そう言われてみるとイリヤなのかなって思えてきた。ごきげんよう、イリヤ。久しぶりに会ったら人間の少年になっているなんて驚いたけれど、変身も厭わないほど本気で愛する御方に巡りあえたんだね。実は僕も、あれから運命の御方に出会えたんだよ。こちらが僕の伴侶の葉室岳殿。いまは半年に一度の帰省中なんだ」

とやや強面だが整った面立ちの、剣闘士のような筋肉質の体軀の男性を紹介した。

「お初にお目にかかります、ライジェル・シーファーと申します」

「初めまして、イリヤです」

イリヤとふたりで挨拶すると、「葉室岳です。こちらの国にはまだ不慣れな新参者ですが、よろしくお見知りおきください」と気さくな笑顔で低姿勢に挨拶を返してくれた。

イリヤは王子様に向き直ると、

「では王子様、二度目の満月の夜は失敗でしたけど、三度目の夜には無事『願いの泉』に飛び込めたのですね?」

と瞳を輝かせ、胸元で両手を組み合わせながら問う。

王子様も頬を紅潮させてイリヤの手の上から両手を重ね、こくこく頷く。

「そうなんだよ、ピムにバレてどうしようかと焦ったけれど、一緒についてきてくれて、泉か

ら『げんだいにほん』の岳さんのもとに行けたんだ。泉が岳さんの家の浴室に繋がっていたものだから、初対面のご挨拶のときは僕はびしょぬれで岳さんは裸だったんだよ」

いや、タオルは巻いてただろ、というハムロ殿の声に被せるようにイリヤが叫ぶ。

「えぇっ、裸だなんて、なんて照れくさい出会いなんでしょう……！　でも僕も凍死しそうだったライジェルさんをあたためるために全裸で身を擦りつけたんです。いま思うと照れくさくて顔が赤らみますけど、そのときは必死で」

「ちょっと待って、それはどういう状況だったのか、事情をもっと詳しく聞かせて」

それはですね、と帰宅途中の別れ道で立ち話が止まらない女学生のようなふたりにケアリー卿が大きめの咳払いをすると、ふたりはハッと同時に口を噤む。

王子様はやっと隣につくねんと立っているライジェルを見て本来の目的を思い出したらしく、気品に満ちた物腰で「失礼いたしました」と軽く会釈してから切り出した。

「シーファー殿、本日は改めて冤罪のお詫びをしに参りました。三年もの間、不当な判決で無念の日々を過ごされたこと、どう償っても失われた時間や壊れた関係や傷を負った心を元に戻すことはできませんが、真犯人は厳罰に処しますし、今後は捏造された証拠や不正をすぐに暴けるように司法省に有能な魔法使いを配置する部署を設けることにしました。この先シーファー殿が蒙られた苦痛をもう誰も味わうことがないように努めるとお約束しますので、どうぞお許しを」

一国の王子がわざわざ出向いて礼を尽くして詫びてくれ、これからは同様の間違いが起きないように改善策も講じてくれると聞き、もうこの件で舐めた辛酸は忘れようと思えた。

了承の意を込めて首肯すると、

「賠償についてですが、先日は潔白さえ証されればなにもいらないとのことでしたが、それではあんまりですし、この地に永住なさりたいとのことでしたので、せめてもの贖罪に新しい住まいをご用意させていただければと思っております。ご希望をお伝えくだされば、ケアリーがすぐにその通りの家をお出しできますので、どうぞご遠慮なくお申しつけを」

と思わぬ申し出をされる。

時間がかかっても自力で建てた家をイリヤに贈りたかったので、魔法でぽんと完成品をくれると言われても、若干ありがた迷惑な気がしたが、王子様のご厚意と謝罪の意を無下にはできないし、この際楽して理想の家をいただくことにするか、と気持ちを切り替える。

「ご高配痛み入ります。ありがたく拝領いたします」

宮廷式の礼をしてから、ケアリー卿が宙に浮かべた図面を囲み、本当に遠慮なく自分たちの希望をどしどし伝えると、さらさらと設計図と完成図が魔法で描かれていく。

場所はどこがいいかと問われ、湖が見える場所だと景色もいいし、夏にはすぐ泳げるし、魚も釣れるし、向こう岸の村に行くにもすこしは近くなるので、自分はそのあたりが希望だが、イリヤはどうかと聞こうとしたとき、

「その件についてはわたしたちの意見も聞いてちょうだい」

という声と共に赤ん坊を抱いたキアラと布包みを抱えたホリーが現れた。

「イリヤ、やっぱりライジェルさんの服を借りていたのね。イリヤの着替えが足りないだろうと思っていくつか誂えてきたのよ」

キアラがそう言うと、ホリーが「また似合いそうな服を作ったら届けにきますからね」と人気の役者か歌手に熱をあげる娘のような瞳でイリヤに包みを渡す。

「リスのときもたくさん作っていただいたのに、またお心遣いありがとうございます」

イリヤがありがたく受け取るのを満足げに見てから、

「新居の件だけれど、是非うちの近くに建ててくれないかしら。近所だとなにかと助けあえるし、お裾分けもしやすいし、なによりわたしもホリーも人になったイリヤともずっと仲良くしたいのよ。イリヤとクーストースにはラエルのいい遊び友達になってほしいし」

「それに万が一夫婦喧嘩をしたとき、『実家に帰らせていただきますっ』と言いたくてもメイゼルの森は遠すぎますから、こちらに避難してくることもできますし」

などと不吉なことまで言いだして説得にかかってくる。

「ケンカなんてしませんよ」と言ってから、イリヤはキアラの腕の中の赤ん坊を覗きこみ、

「昨日はお名前を聞きそびれましたが、ラエル様というお名前になったのですね。ラエル様、こちらこそ、いいお友達にしていただけたら光栄です」

と笑みかけると、ケアリー卿が進み出て、

「僭越ながら、名付けたのは私だ。アシェル様の御名前と母音を揃え、アシェル様のように聡明で心優しい美男子に育つようにとの思いを込めて命名した。我ながらよき名を授けたと自負している」

といつもは平板な声にやや熱を込めて名の由来を語る。

親バカならぬ養育係バカに加え甥バカにも目覚めたらしいな、と思いつつ見ていると、

「なるほど。アシェル様にあやかった素敵な響きのお名前ですね」

と素直に感心するイリヤにケアリー卿が頷き、スッと頭から爪先まで視線を走らせた。

「そなたはリスのときも愛らしい容貌だったが、人の姿もなかなかいいな。さすがはわが妹の魔法だ」

ケアリー卿の言葉に、みんなが我先にと、

「そうでしょう？　でもわたしがこういう顔にしようと狙って魔法をかけたわけじゃないのよ。元々イリヤが人間に生まれついてたらこういう顔だったんだと思うわ」

「本当に久々にこの地でこんな美少年を目にしましたよ。いくつになっても美しいものを見てときめく気持ちは忘れたくないものです」

「僕も人の姿のイリヤとは初対面だったけれど、リスだったときも美人顔だと思ってたから、この姿にも違和感はないいな」

「私はやっぱり従兄弟はリスの姿のほうがしっくりきます。このイリヤはまだ別人としか」

などと次々被せるように熱を帯びるおしゃべりの輪を眺め、あんまりこの人たちと近所づきあいはしたくないな、とひそかに思う。

もしキアラの希望どおりに隣に新居を構えたら、きっと甥バカになったケアリー卿がちょくちょく甥っこの顔を見に来ては、ついでにイリヤにも会っていこうなど言いだしそうだし、王子様も意外にイリヤと親密な様子だから、『げんだいにほん』とやらから帰ってくるたびにイリヤに会いに来るかもしれないし、キアラとホリーはひょっとすると毎日でもイリヤとおしゃべりしに来そうだから、しょっちゅうこんな騒がしい来客があったら、イリヤとふたりで落ち着いた時間を過ごせなくなってしまう。

この三年の流刑生活で、以前はそこそこ持ち合わせていた社交性をすっぱり失くしてしまったから、できれば森のはずれの一軒家で一匹とふたりで静かに暮らすのが理想だが、キアラはイリヤとの仲を繋いでくれたキューピッドでもあり、スープの冷めない距離に住んでくれと言われたら嫌だとも言いにくい。

内心困りながら視線を逸らすと、もうひとり盛り上がる喧騒の輪を引き気味に傍観しているハムロ殿と目が合い、お互いなんとなく親近感のこもった視線を交わしあっていたとき、イリヤがつんつんと袖を摘まんできた。

「あの、ライジェルさんは新しいおうちはどちらに建てるのがご希望ですか?」

小声で訊かれ、「おまえはどうしたい？」とこちらも小声で返すと、

「……もしライジェルさんが嫌でなければ、キアラ様たちの近所が楽しそうだなって……」

と遠慮がちに言われた。

たぶんそう言われるだろうなと思っていたし、もし自分が正直に「奥まった湖のそばでひっそり暮らしたいし、近隣との交流はできれば月に一度くらい、遠方からの客は数年に一度くらいで勘弁してほしい」と告げたら、イリヤは自分の希望よりこちらを優先してくれる気がするが、ここで我を通すより、可愛い伴侶がたくさん笑って暮らせるほうがいい、と腹を決める。

「じゃあ、キアラさんたちの近所に建ててもらおう」

微笑してそう言うと、イリヤは花が咲くように笑って頷いた。

では、とケアリー卿がおもむろに両手を掲げ、「出でよ、新しき家！」と唱えた直後、遠くでズンと重い物が地に下りたような音がした。

ケアリー卿はこちらに目をやり、

「家だけでなく、中の家財道具などもすべて新しく揃えておいた。身ひとつで越せるようにしてあるゆえ、この家からは特に持っていきたい大事なものだけを運べばよい」

と素っ気ない口調ながら、細やかな配慮をみせてくれる。

イリヤとふたりで礼を言うと、キアラがほがらかに言った。

「じゃあ、私たちは先に戻って、引っ越し祝いのパーティーの準備をするわね。イリヤとシー

ファーさんは引っ越しが終わったら、うちの庭に来てちょうだい」

さくさく取り決めてから、ラエルを抱いたまま片手を動かし、王子様一行はパッと一瞬で目の前から消えた。


一秒前とは嘘のように静かになった家の前で、ライジェルは肩でひとつ息をつく。

「……なんだか、ついさっきまでは想像もしてなかったことになったな。王子様がいらしたり、新居をもらえたり」

まだ自分の左袖を摘まんだままのイリヤを見おろして苦笑すると、

「本当に。でも、王子様も運命のお相手に出会えていたとわかって、ほっとしました」

と微笑んで続けた。

「お城にいたとき、王子様と恋について夜語りをしたことがあるんです。いつか一生に一度の本気の恋のお相手に巡りあえたらってふたりで夢想したんですけど、たぶんその時は、ふたりとも自分には無理かもしれないと半分諦めていたと思うんです。王子様は婚約者の方とのご婚礼を控えていたし、僕は故郷の森のリスとは大概顔見知りで今更燃え上がる恋が始まるとも思えないし、運命の恋なんて物語で読むだけの遠い世界のお話で、自分の身にはきっと訪れないだろうって、僕も王子様も思ってたと思うんです」

でも、とイリヤは左腕にすりっと頬を寄せてきて、

「こうして僕はライジェルさんに出会えましたし、王子様も無事ハムロ殿と巡りあえたと伺って、本当によかったなって嬉しかったです。きっと王子様はお美しくてお人柄も素晴らしい素敵な御方だから、初対面がびしょぬれでも、なんなくハムロ殿のお心を射止められたのでしょうね。僕のほうは、最初は全然相手にしてもらえなくて、ものすごくものすごく頑張って、根性振り絞って振り向いてもらえましたけど」

と腕に頬ずりしながら悪戯っぽく見上げられ、ドスッと胸に極太の鏃を打ちこまれたような気分になる。

そばにいたクーストースに目で合図してすこし遠くに離れてもらってから、ライジェルは軽く視線を泳がせて、

「……そんなことはない。おまえだって王子様に劣らない魅力があるし、俺も割合最初からおまえに射止められてたぞ」

と低く小声で白状すると、「え……？」ときょとんと目を丸くして聞き返される。

もう一度繰り返すのも照れくさいので、眉間をぽりぽり掻きながら黙っていると、イリヤはしばし考えるような間をあけてから、不審そうな目で見上げてきた。

「……僕を喜ばそうとしてくれてるのかもしれませんけど、嘘は吐かなくていいです。いま記憶を検証してみましたけど、そんな態度ひとつもしてくれてませんよね。最初に助けてもらったときから、すごく愛想悪くて渋々助けただけだからさっさと帰れって言われたし、翌日会い

に行ったときも、僕が笑顔で挨拶してるのに、すごいめんどくさそうな顔されたし、そのうえ毎日通っても延々無視されたし」

　かなり根に持たれていたようで、やっぱりあれはよくなかったな、と思いながら、

「それは、確かにいい態度とは言えなかったが、大の男がキアラさんやホリーさんみたいに『うわぁ、なんて可愛いんだ、このリス！』とか歓声あげて騒げないだろ、クーストースも見てるし。だから気合いでデレッとしないように顔を引き締めて、あえて素っ気なくしてただけで、心の中では『めちゃくちゃ可愛いな、おまえ』って掌に乗せて頬ずりしたりしたかった」

　と薄く赤面している顔を見られたくなくて反対側を向いて言うと、「嘘でしょう？」とイリヤが摑んだ左腕を激しく揺らす。

「だったらそうしてくれたらよかったのに。ジリアンさんは大の男でも最初から『こんな可愛いリス見たことない！』ってキアラ様たちと一緒になって顔をデレデレに崩して可愛がってくれましたよ？」

「そりゃ、ジリアンはあんまり面子とか体面を気にしない男だからな。……でも、そう聞いたら、俺ももっとリスのイリヤを思いっきり愛でとけばよかったな。いまとなってはケンカしないとリスに戻らないし、きっとケンカしたら撫でさせてくれないもんな」

　茶飲み友達になってからすこしは首に巻いたり、抱いて移動させたりしたが、まだ遠慮もあったし、昨日迎えに行ったときに初めて思う存分撫でられたとはいえ、もっと尻尾で顔をふ

わふわもふもふしてもらうべきだった、と後悔していると、イリヤはさらに目を瞠って絶句した。

「……ほ、本当に本当に、『大の男』っていう面子のために我慢してただけで、最初の頃から、リスの僕を可愛いと思ってくれてたんですか……?」

左腕にぶらさがるように両手でぎゅっと抱えながら念押しで問われ、「……ああ、まあ」と歯切れ悪く頷くと、イリヤは忙しく瞬いてからさぁっと頬に血を上らせた。

「……よ、よくよく思い返してみたら、最初に森で助けてくれたときに聞いた声は優しかったし、リス用の小さな包帯をわざわざ作ってくれたり、目が覚めたらすぐにあたたかいスープを飲ませてくれたから、きっといつ起きてもいいように作っておいてくれたんだろうし、手ずから食べさせてくれたし、キアラ様の家に送ってくれるときも、籠や袋に入れて運ぶんじゃなくて懐に入れてくれたし、やっぱり、つんつんした言葉より、やってくれたことだけを信じれば、最初から僕を気に入ってくれてたのかなって、思えてきました……」

そうか、ならよかった、と片手で赤い顔を隠しながら言いかけたとき、

「でも、じゃあどうして十日目まで門前払いだったんですか……?」

とそこはまだ納得いかない様子で頬を膨らませて問われ、そんな表情さえ(可愛い…!)ときめきを覚えたが、なんとか態度には出さずに弁解する。

「それも悪かったと思ってる。いきなり冤罪のことを持ちだされて、小リス相手に愚痴っても

気が塞ぐだけだと思って話題にしたくなかった。でもおまえは熱心に知ろうとしていたから、しばらく遠ざけたら蒸し返さないでくれるかと思ったんだ。でも本当は三日目くらいからもう中に入れてやりたいなとは思ってた」

「え。でも三日目に僕が伺ったとき、ピシャッと鎧戸を閉められましたけど」

結構記憶力がいいな、と内心困りながら「いや、だからそれは」と言いかけたとき、クーストースがタタッと家の中に駆けていき、すぐに本を咥えて戻ってきた。

あ、と小さく呟くと、（ご主人様、おまかせください）とでも言いたげな目を向け、クーストースは咥えていた黒い表紙の建築学の本をイリヤの腰にぐいと押し付ける。

「なんですか？　読めってことですか？」

首を傾げて問うイリヤにクーストースが頷く。

本を受け取りながら、

「……まさか、この本の余白に僕への恋文とか、ライジェルさん作の恋の詩とかが書いてあったりするんですか……？」

と声を上ずらせて頁を開こうとするイリヤに「いや、そんなことはしてない」と急いで取り返そうとしたが、サッと逃げられ、パラパラとめくられてしまう。

「あっ、これ……！」

ある頁の間を見てイリヤが目を瞠って動きを止め、ライジェルは内心うろたえる。

そこにはイリヤが日参してくれたときに置いていった小花が挟んであり、コップに活けたあともなんとなく捨てがたくて本の間に入れたところをクーストースに見られていたらしい。

イリヤは震える手で最後まで本をめくり、三ヵ所に挟まっている小花をすべて見つけ、

「……僕が摘んだ花、全部押し花にしてくれてる……。すごく嬉しいです」

と感激に瞳を潤ませて本を胸に抱きしめた。

こっそりこんな少女趣味な真似をしていたと知られて気まずかったが、イリヤは嬉しそうだからまあいいかと思っていると、イリヤは指先で涙を拭い、満面の笑みを浮かべた。

「もう門前払いされたことは忘れます。ライジェルさんは『可愛い可愛い』って素直に言えないだけで、心の中ではたくさん思ってくれてるみたいだし、きっと僕は、ちゃんとあなたを射止められたんだなってわかりました」

そう言うと、イリヤは照れ隠しなのかきびきびした口調で、

「さあ、早く新居に運ぶものを選びましょう。あんまりのんびりしてると、王子様やキアラ様たちがおなかをすかせてしまうでしょうし」

と腕を摑んで家の中へと引っ張られる。

「さっきケアリー卿が家財はすべて揃えたと言ってくれたから、鍋釜はあるだろうし、着替えくらいでいいかな」

毛皮を売りにいくときに使う筒型の袋に自分の服とさっきホリーが持ってきてくれたイリヤ

の服を詰めていると、

「僕はこの本は絶対外せないし、あとこれも持っていかなきゃ！」

とイリヤが食卓に駆けより、さっきまで使っていた木の匙を手に取る。

「そんなもん、いらないいんじゃないか。向こうに食器も用意してあるだろうし」

手慰みに作った粗末な匙を新居で使うこともあるまいと声を掛けると、イリヤは大事そうに両手で握りながら首を振った。

「いえ、これはライジェルさんが初めて僕に食べさせてくれた記念の宝物だし、これと胡桃のカップは絶対持っていきます」

きっぱり言われて「そうか」と満更でもない気分で人差し指で鼻の下を掻く。

衣装棚のそう多くない服をすべて入れ、空になった棚の奥から蓄えを入れた革袋を取り出し、もうひとつリスのイリヤが着ていた小さな黄色いコートと赤いマフラーをいれた小箱も取り出して袋に詰める。

「ライジェルさん、床下の酢漬けとかどうしましょうか。ライジェルさんのお手製だから、全部持っていきたいですけど、結構たくさんあるし」

「そうだな、また別の日に運ぶか。手押し車で何往復かすれば運べる量だし」

クーストースが「オンオン」と荷運びなら俺に任せろと言いたげな声を出し、「頼むな」と頭を撫でる。

「ひとまずこんなもんか」と家の中を見まわし、ひとつ忘れ物に気づいてライジェルは台所に向かう。

古いつぎだらけの鍋つかみを台所用ストーブから外し、また戻ってきて袋の一番上に入れると、イリヤが物言いたげな顔でこちらを窺ってくる。

礼を言う機会を逸していたが、料理のたびに使うので、親指のあたりにあった穴が綴じてあることにすぐ気づいたし、誰が縫ってくれたのかもすぐに見当がついた。

イリヤは「それ、僕が縫ったんですよ」と自分からは言い出さなかったが、チラチラと窺ってくる瞳に（言う前に気づいてほしい）と書いてあり、ライジェルは袋を肩にかけながら言った。

「イリヤ、礼が遅くなったが、鍋つかみを繕ってくれてありがとな。これを縫ってくれたときはリスの身体だったから、大変だっただろ」

手でぽんと頭を撫でると、イリヤは本と匙と胡桃のカップを胸に抱きしめながらじわりと涙ぐむ。

「……ちゃんと気づいてくれたんですね……。それも嬉しいし、いまクーストースさんにするみたいに撫でてもらえたのも、すごく嬉しいです。いつもライジェルさんはクーストースさんには優しくて笑顔も見せて、僕につれないときも頭を撫でたり、わしわししたりしてて、特別な絆があるんだなって、ずっと羨ましかったから……」

おまえにはもっと別の特別な絆を感じているし、これ以上ないほど愛をこめて全身撫でまわしただろうが、と言いたかったが、クーストースが聞いているので言葉を飲む。

かわりにクーストースが共通語でなにやら言い、イリヤが赤くなって反論していたので、たぶん「主に抱かれているくせに俺に妬くな」とでも言ったのではないかと思う。

最後に置いていくのも危ないので猟銃も反対側の肩に担ぎ、三人で外に出て戸を閉める。

三年住んだ獄舎を眺め、初めて見たときの印象とだいぶ違っていることに自分でも驚く。

外観は変わらないのに、たった数週間イリヤと過ごした思い出があるだけで、鳥小屋のようなあばらやがかけがえのない場所に思えて、すこし立ち去り難いような気さえする。

やや感傷的な気分になっていると、隣からイリヤがきゅっと手を握ってきて、

「新しいおうちまで、また手を繋いで歩きませんか？　昨夜もこうしてもらって嬉しかったけど、納屋まで近すぎたから、もっと長くライジェルさんと手を繋ぎたいので」

と上目遣いに笑みかけられ、感傷など秒で消え去る。

指を交互に絡める繋ぎ方に変えて並んで歩きだし、可愛いおしゃべりを聞いていたら、やや距離があるはずの新居までの道のりが、魔法でも使ったかのように短く感じられた。

「さあ、みなさん、遠慮なく召し上がって。今日はガーデンパーティー日和のいいお天気でよかったわね。もし大雪だとしてもここだけ魔法で降り止ませられるけれど」

キアラの家の庭で、白い布がかけられた大きなテーブルの上に目にも美味しそうなごちそうや果物、ケーキが所せましと並べられ、それぞれワインやエールのグラスを掲げて乾杯する。

正面にイリヤがいるが、なぜか左隣にハムロ殿、右隣にケアリー卿が座っており、若干居心地が悪いものの、自分たちの引っ越しを祝ってくれる集いなので、なんとか宮廷官吏時代の社交性をひねりだす。

「ケアリー卿、さきほど新居を拝見させていただきましたが、本当に想像以上に素敵な家で、感激しました。ありがとう存じます」

右を向いて頭を下げると、ケアリー卿は気取った手つきで肉を切りながら、

「喜んでもらえて何よりだ。サービスに浴室と犬の部屋に魔法をかけておいた。犬の部屋は夏は涼しく冬はあたたかく常に犬の適温にしてある。浴室は空の浴槽に『沸け』と命じるとすぐに熱い湯が張り、隣の蒸し風呂の部屋も『整いたい』と命じれば、すぐに石が熱されて高温になるゆえ、水をかけて心地よく汗をかくとよい」

とまた意外な心配りに驚きながら礼を言うと、左側からハムロ殿が言った。

「ケアリー卿はすっかり日本のサウナにハマっちゃいましたね。店の人にコスプレイヤーと間違われて『なんのキャラですか？　ウィッグ取らなくていいんですか？』って聞かれてました

けど」

　ところどころわからない語彙があったが、左斜め向かいのアシェル王子が楽しげに笑っているので、ケアリー卿が『げんだいにほん』でなにやらおかしいことをしたんだな、と理解していると、イリヤの隣でテーブルの上に直接座っていたピムがキアラに言った。

「キアラ様、このパーティーの間だけ、イリヤを元の姿に戻してくれませんか？　積もる話もしたいのに、食べながらしゃべろうとすると何度も見上げないといけないし」

　甲高い声のお願いを聞き、内心そわっと心が騒ぐ。

　リスのイリヤをもっと愛でたかったと悔やんでいたし、ケンカをしなくても、いまだけリスになってくれて、食事会が終われば人に戻ってくれるなら、こんな喜ばしいことはない。

　イリヤが「え」と驚いて、チラッと窺うようにこちらに視線を向けたので、

「俺は構わないよ。せっかく従兄弟と再会できたんだし、目線を合わせて話せばどうだ？」

　と何食わぬ顔で促す。

「わぁ、ピムとイリヤが並んでいるところ、僕もまた見たい！」

　王子様も喜び、ホリーも「いま急いでイリヤのぬいぐるみを取ってきますから、三人並べましょう！」と母屋に走る。

　キアラがラエルを寝かせた乳母車を片手で揺らしながら、イリヤに向かって片手を振ると、座っていた椅子にイリヤの服がストンと落ち、もこもことリスのイリヤが顔を出す。

（……か、かわ、いぃ〜ッ！）という内心の叫びがうっかり「わ」の部分だけ声に出てしまったが、周りの声のほうが大きく、耳をつんざくようなキアラとホリーと王子様とピムの喜びの悲鳴に掻き消されて誤魔化せたようだった。

「なんて可愛いの。ちょっと三人同じ顔して並んで、『どれが本物のイリヤでしょう』って当てっこしてみない？」

「ぬいぐるみを挟んでふたりが両脇から高低をつけて顔を出すのはいかがです？」

あれこれ矢継ぎ早にポーズをリクエストする観衆にイリヤがあたふたするのを内心悶えながら見ていると、王子様が「あっ！」と声を上げた。

「いま『すまほ』を持ってるんだった。ね、ふたりとも、『しゃしん』を撮らせてくれない？」

上着から茶色い革張りの小さな四角いものを取り出す王子様に、

「なんですか、『すまほ』って？」

とイリヤが首を傾げると、ピムが先輩面で言った。

「『げんだいにほん』の人々の必需品で、離れた相手と文字や声で話ができたり、調べ物や買い物ができたり、『えすえぬえす』やら『あぷり』やら、ものすごくいろんな機能があるんだが、王子様はハムロからの『らいん』と『かめら』しか使いこなせない」

「ピム、口を慎んで。イリヤ、これは本物そっくりの小さな絵みたいなものがパッと残せる機械でね、イリヤとピムの可愛い姿を向こうに帰ってからも眺めたいんだ」

王子様は「ほら、これは岳さんとピムと『あしかがふらわーぱーく』に行ったときの『しゃしん』だよ」と紫色の美しい花を背にした王子様とハムロ殿の美麗な細密画を見せる。

イリヤは『しゃしん』に目を瞠ってから、『すまほ』の構造がよくわからないからか、ややためらうような顔をしたが、

「ただポーズを取ればいいだけで、痛くも痒くもないよ。私もさんざっぱら撮られてるし」

とピムにぽんと肩を叩かれ、「わかりました」と王子様に頷いた。

王子様はおおはしゃぎで、

「じゃあ、ふたりでクーストースの背中に乗ってみようか。わぁ、映える〜」

などとテーブルの上や庭の素敵な場所にふたりを連れていっては、あれこれポーズを取らせてバシャバシャと『すまほ』を人差し指で押しまくっている。

「ねえ、ティーポットをふたつ並べて、ひとりずつ中に入って顔だけ出すのはどう?」

キアラの提案に、それは絶対可愛いから是非見てみたい、と心の中で賛成しながら、テーブルに並んだ美味しい料理を味わっていると、だんだんこういうわいわいしたつきあいも案外楽しいかもな、と思えてくる。

そのとき、喧騒の中でもよく寝ていた赤ん坊が目を覚まし、火がついたように泣きだした。

「あらラエル、うるさかったのかしら。ごめんなさいね。それにそろそろお乳の時間よね」

ちょっと失礼するわ、とキアラがラエルを抱いて授乳のために席を立つ。

ケアリー卿も立ち上がり、

「愛らしいアシェル様と小リスたちを見ていたら、ついつい酒が進んでしまった。憚りに行ってくる」

と軽く千鳥足で母屋へ向かった。

魔法使いも酔ったり厠に行ったりするんだな、と思いながらイリヤに目を戻すと、庭から森のほうへ移動しており、

「その枝にふたりで並んで座って、尻尾をぷらぷらさせてみて？」

などの王子様の注文に「こうですか？」と真面目に応えている。

その様子をテーブルから眺め、思わず「可愛いなぁ」としみじみ呟くと、隣のハムロ殿もまったく同じ言葉を同時に呟き、ふたりで顔を見合わせる。

互いに照れ笑いを浮かべて会釈しあい、

「不勉強で恐縮ですが、『げんだいにほん』という国は初めて耳にしました。どのようなところなのでしょうか。ハムロ殿は『げんだいにほん』の王族なので……？」

「いや、とんでもないです、王族だなんて。王政の国ではないので王はいないんですが、俺は警察官という仕事をしている普通の庶民です。ですから『ハムロ殿』はやめて、よかったら『岳さん』と呼んでいただけませんか？」

と和やかに会話をはじめたとき、王子様がこちらに駆けてきた。

「岳さん、ふたりを『どうが』で撮りたいんですが、どうやるんでしたっけ」

『どうが』ってなんだ、と思いながら森のほうに目を向けると、イリヤが枝に座り、ピムが地面で「これが『らじお体操』だよ」と腕を振っており、見てるだけで可愛いが、そろそろ俺にもイリヤを触らせてくれないかな、と思ったとき、不意に空から急降下してきた黒い鳥にイリヤがガッと掴まれ、ビュッと飛び去る光景が目に映った。

「イリヤッ！」

椅子を蹴倒して叫ぶと、クーストースも「ウワォンッ！」と吠えながら追いかける。

「ぎゃあぁーッ、なんでまたこんな…っ、助けてーッ！　ライジェルさぁぁぁ――――ん！」

遠ざっていくイリヤの悲鳴に青ざめながら森へ追いかけようとしたとき、

「いかがした、椅子など倒して」

と厠から戻ってきたケアリー卿に問われ、身を反転させてケアリー卿に駆け寄る。

「またイリヤが鷹に連れ去られたんです！　どうか助けてください……！」

ケアリー卿は「何⁉」と軽く目を瞠って森を見やり、「不届きな鷹よ、動きを止めよ！」と唱えて森の上空に人差し指を向けた。

イリヤを空間移動させて連れ戻してくれないのか、と焦った目を向けると、

「イリヤにはすでにキアラの魔法がかけられている。別の魔法使いがさらに魔法をかけると、魔力同士がぶつかって予期せぬ危険が生じることがあるのだ。いま私がイリヤに魔法をかけれ

ば、キアラの魔法と悪く作用し、イリヤが上空で人に戻ったりするやもしれぬ。墜落などしては目も当てられぬゆえ、鷹のほうに魔法をかけたのだ」

と言いながら片耳に手を当てて目を閉じ、数秒で目を開けた。

「北東の方角でイリヤの悲鳴が聞こえる。そなたをそこへ送るゆえ、早く助けてやれ」

ケアリー卿に黒い爪を向けられ、ひと振りされた次の瞬間、周りの景色が一変して森の奥にいた。

頭上から「うわーん、怖いーッ、なんでここで止まってるのーッ！　落ちちゃうよぅ〜！」というイリヤの半泣きの声が聞こえ、バッと上を見上げる。

木と木の間で羽ばたく姿で止まっている鷹の足の間で小さな茶色いものがじたばたしているのが見え、

「イリヤ、待ってろ！　すぐ助けてやる！」

と叫び、近いほうの木に飛びつく。

「ライジェルさんっ！」と驚きと歓喜の混じった涙声を聞きながら、とっかかりになる枝が少ない針葉樹の幹を可能な限りの速さでのぼっていく。

なんとか上の方までよじのぼり、それ以上は細くてのぼれないというあたりで見上げると、まだイリヤまでは自分の身の丈くらいの距離があった。

宙に浮いている鷹の足に掴まれたまま、不安そうにこちらを見おろすイリヤを見上げ、片手と両足でしっかり幹につかまり、できるだけ片手を上に伸ばして叫ぶ。

「イリヤッ、なんとかそこから抜けだして、俺の掌に飛びおりろ！」

「えぇっ！」とイリヤは目を剝き、

「で、でも遠いし、うまく掌の上に下りられるか自信が……、命中できずに落ちちゃうかも……！」

　とおののいた声で身を震わせる。

　下を向けば人間でも足がすくむ高さで、リスの目からはどれほど高く見えるか怯える気持ちもわかるが、ライジェルは重ねて叫ぶ。

「大丈夫だ、絶対に受け止めてやるから、早く俺のもとに来い！」

　そう断言すると、イリヤはごくりと唾を飲んでおずおず頷き、鷹の足の間で必死に身をくねらせてなんとか抜け出すと、両手で鷹の足に摑まってぶら下がる。

　チラッと下を見て、また涙目で怖気づいた顔をするイリヤに、

「下は見ないで俺だけ見てろ！　絶対に摑まえるから、俺を信じて飛べ！」

　と檄を飛ばすと、イリヤはもう一度頷き、何度か反動をつけて「ライジェルさ――んッ！」と叫びながらこちらに向かって手を離した。

　落ちてくるイリヤが予想した軌跡と若干ずれて、ヒュウッと伸ばした手からすりぬけそうになったが、ガシッと尻尾の先を辛くも摑み、なんとか確保する。

どっと全身冷汗をかきつつ、尻尾を摑んだ片手を胸に引き寄せて抱き直し、盛大に安堵の溜息を漏らすと、「ライジェルさんライジェルさんっ……！」と泣きじゃくりながらイリヤがしがみついてくる。

「怖かったよな、もう大丈夫だから、泣くな」

危く落とすかと肝を冷やしたし、なんで何度も鷹に狙われるんだと思ったが、こんな状況でも、やっと小さくて可愛い恋人に触れられたことに満足感を覚える。

早くもっと安全な場所で両手ですりすり撫でまわしたくなり、急いで懐(ふところ)に入れて木から下りようとしたとき、頭の中に直接響くようなキアラの声が聞こえた。

『ごめんなさい、ちょっと私が席を外していた間にとんでもない思いをさせたわね。いますぐふたりを戻すわ』

同じ声がイリヤにも届いていたようで、ふたりで目を見交わした瞬間、一緒にキアラの家の庭に戻っていた。

「ワオン！」とすぐにクーストースが足に身をすりつけてきて、

「大丈夫だ、ほら、イリヤもちゃんといる」

と懐のイリヤを見せて頭を撫でていると、王子様が泣きそうな顔で駆けよってくる。

「イリヤ、ごめん！　僕が調子に乗って『しゃしん』が欲しいなんて言ったから……、そのうえ枝に乗せたまま目を離したりして、君を怖ろしい目に遭(あ)わせて本当にごめん……！」

「わたしたちも同罪よ。許してね」

キアラとホリーもしゅんとした顔で詫び、

「元はと言えば、私がリスに戻れと言ったせいだ。死にそうな目に遭わせて済まなかった」

とピムも項垂れる。

イリヤは大慌てで涙の残る顔と手をぶんぶん振り、

「そんな、皆さん、謝らないでください。死ぬほどびっくりしましたけど、無事でしたし」

とそれぞれに目をやってから、

「それに僕が危ない目に遭うと、必ずライジェルさんが助けてくれるから、なにがあっても大丈夫って思えるんです」

とこちらを見上げて最高に可愛い笑みを見せてくれた。

そのまま会はお開きになり、王子様一行は城に帰っていき、キアラがイリヤを人の姿に戻してくれようとしたとき、

「すみません、あとすこしだけ魔法を解かないでもらえませんか」

と頼むと、心得たように片目を瞑ってくれた。

「……あの、それ、くすぐったいんですけど……」

両手で持ったリスのイリヤの腹を顔に押し付けて長々吸っていると、腹をぷるぷる震わせて訴えられる。

シマリスの身体の毛は全体的に茶色いのに腹の毛だけ白いのが気になって前から触りたかったので、この機会に思う存分撫でまわして吸いまくろうと遠慮なく実践しているのだが、

「こうされるのは好きじゃないか？　前から『リス吸い』がしてみたかったんだが」

とあまりやめる気もなく問うと、

「『リス吸い』って……、その、嫌ではないですけど、さっきからライジェルさんの顔にべったりくっつけられて、すうはあすうはあされてるから、ちょっと照れくさいです……」

と尻尾をぱさぱさ振って恥ずかしがられ、吸うだけじゃなく嚙みつきたくなり、かぷ、と腹を甘嚙みすると、「キャハハ、食べられるー！」とイリヤが笑いながらじたばたする。

思わず「食べちゃうぞー」とふざけて言いたくなったが、無骨(ぶこつ)で素っ気(そけ)ない男が好みだったらまずい、と踏みとどまり、イリヤを顔から離して掌に乗せる。

「なあイリヤ、ひとつ聞きたいんだが、おまえは俺が無愛想でつれない態度のときから俺に恋してくれてたらしいが、そういうタイプが好みなのか？　もし俺がジリアンのように顔を限界まで弛(ゆる)ませてデレデレベタベタしたら、『これじゃない』って引くか？」

手の上のイリヤと向かい合い、目を合わせて真剣に問うと、イリヤはきょとんとしてから、

小さな両手を口に当て、クスッとおかしそうに笑った。

「そんなこと、今更聞くんですか？　この寝室に入ってからライジェルさんはずーっと僕にデレデレベタベタしてるし、ジリアンさんほどじゃないけど、結構顔も弛んでますよ？」

もうとっくに顔面が崩れていたのか、と動揺しながら、

「じゃあ、そういう俺のことも、嫌いじゃないんだな？」

と確かめると、イリヤは笑顔で頷く。

「はい、僕は前からキアラ様たちだけじゃなく、ライジェルさんにも可愛がってほしかったから、いまいっぱいデレデレした顔で撫でたり吸ったりしてもらえて、嬉しいです」

その答えにまた内心もんどり打って転がりたい心境になったが、なんとか堪（こら）え、

「じゃあ、人に戻ったイリヤにも、リスのおまえにするように可愛がってもいいか？」

と想定問答を思い出して、イリヤの意思を段階を踏んで聞こうとしたとき、イリヤはすこしの間をあけてから言った。

「……それはもちろん構わないですけど、人の姿に戻ったら、いまリスの僕にしてくれてるみたいに撫でたり吸ったりするだけじゃなくて……、もっと、ライジェルさんにも裸になってもらって、昨夜（ゆうべ）みたいに身を繋いで、揺れながら可愛がってほしいです……」

リスの頬でも上気しているように見える表情で囁かれ、遠まわしに性欲の有無（うむ）について訊くつもりでいたのに、イリヤのほうから、昨夜の行為が気に入って、またしたいと望んでいるよ

うな言葉を告げられ、ライジェルは逸る心で手に乗せたイリヤに口づける。

途端、小さなリスから美しい少年の姿に変わり、寝台に掛けていたライジェルは目の前に現れた裸身のイリヤをうっとりと見つめる。

イリヤはかぁっと顔を赤らめ、恥ずかしそうに両足をすりあわせて、

「……見てるだけじゃなくて、早く触って、撫でて、抱いて可愛がってください……」

と率直にねだられ、たまらずがばりと立ち上がり、強く抱きしめて寝台に押し倒す。

「ン、んんっ、……ふ、うぅんっ……！」

可愛い言葉とこちらを煽る言葉しか言わない唇にかぶりつき、甘い唾液が飲みたくて舌を差し入れてかき回す。

互いの舌を巻きつかせながら服を脱ぎ、全裸になって身を重ねると、イリヤは、ほぅ、と安堵したような吐息を零してぎゅっと抱きついてくる。

この行為をイリヤも本心から望んでいると信じられ、イリヤの望みどおり、撫でたり吸ったり繋げたりして可愛がりたいと血を滾らせる。

唇へのキスを満足するまで味わったあと、唾液で濡れた唇を親指で辿りながらイリヤに問う。

「……イリヤ、リス同士の営みでも同じだと思うが、最中には『気持ちいい』『そこが好き』と正直に言いあって、されて嫌な気持ちになることは『それは嫌だ』『やめて』と言っていいんだ。言わないとわからないからな。昨夜、イリヤは『気持ちいい』というのはちゃんと教え

てくれたが、俺がしたことで、もうして欲しくないと思ったことはあったか……？」

イリヤは長いキスのせいで軽く肩を上下させながら、

「……えっと、それは……ない、かな……？　恥ずかしいからやだなって思うことはありましたけど、もうしないでとは、思わなかったから……」

僕はライジェルさんがしてくれることは、大体なんでも好きなので、と照れた顔で囁かれ、プツッと脳のどこかが切れたと思うくらい興奮し、イリヤのうなじから爪先まで、前も後ろも唇を這わせなかった場所はないと言い切れるほど余さず口づけ、舐めしゃぶった。

「……アッ、ん…っ、ね、僕にも…ライジェルさんの好きなところ、教えてください……」

イリヤの片脚を曲げて踵を持ち、一本ずつ足の指を舐っていると、最前に施した口淫の余韻に惚けた声でそう問われる。

「僕は、乳首も、お尻の穴も、中のすごいところも、口で吸ってもらったあそこも、いっぱい気持ちいいところを言ったから、今度はライジェルさんのいいところも、知りたいです……。僕も、お返しをしたいし……」

拙い語彙で性感帯を並べる素直さや、こちらのことも悦くしてあげたいという気持ちがいじらしくて、すでに腹につきそうに張り詰めたものがさらに硬くなる。

イリヤに尽くして快楽を与えるだけで充分目や耳で愉しめるし、身のうちに入れてもらえることがイリヤからの最大の奉仕なので、それ以上の奉仕を求める気はなかった。

お返しなんてしなくていいから、と言いかけたとき、イリヤがそろりと片手を伸ばして硬く天を向く分身を握ってくる。

うっ、と一瞬硬直すると、イリヤは上下に擦りだし、

「ライジェルさんも、ここ、好きですよね？　僕も好きだから、ライジェルさんがしてくれたみたいに、気持ちいいことをしてあげます。嫌だったら、言ってください……」

と這うように脚の間に身を移し、握ったものの尖端をためらいなく口に含んだ。

「ちょ、…うぁッ……！」

両手で根元を握って口いっぱいに頬張るイリヤの姿と、ぺろぺろと敏感な丸みを舐められる刺激と唇であむあむと食まれる感触に、すぐにも噴きあげてしまいそうになる。

「い、嫌なわけないし、最高にありがたいが、できればまた、イリヤの中に、入れてくれないか……？」

そう掠れ声で懇願すると、イリヤは男茎を咥えているのに無垢な笑みを浮かべて頷く。

ちゅぷっと音を立てて口から抜きだすと、昨日最初にその体位を取らせたからか、それともリスの遺伝子のなせる業なのか、こちらに尻を向けて四つん這いになった。

くらりと眩暈を覚えながら、すでに指と舌で蕩かせておいた後孔にずぶりと屹立を埋め込む。

「アッ、あっ、んっ、ひぁっ、は、あぁ、ううんっ……！」

突きこむたびに洩れるイリヤの嬌声の可愛さに腰を遣うのを止められず、何度も何度もまっ

すぐに打ち込んだり、円を描くように出し入れしたり、自分の快楽も追いながら、イリヤの好きな場所も執拗(しつよう)に穿(うが)つ。

「んっ、や、もう、ライジェルさ、あっ、あんっ、あぁぁ——ッ……！」

イリヤが上半身を臥(ふ)して高く掲(かか)げた腰の奥を痙攣(けいれん)させながら果てたとき、きつい内襞(うちひだ)の締めつけにライジェルも呻(うめ)きながら達する。

最高の快楽と幸福感と心地よい疲労感にふたり並んで倒れこみ、やっと息が整ってから、

「……なあイリヤ、おまえはいま発情期なのか？」

と二夜目にして素晴らしすぎる積極性を見せてくれた恋人に聞いてみると、

「んー、どうなんでしょう。いままで盛りがついたりしたことはないし、メイゼルの森のリスは冬眠しないから、発情期もないんじゃないかな。でも普通に一年中子供が生まれてるし、人間と一緒で好きな人といればいつも発情期なのかもしれません」

と面映(おもは)ゆそうに微笑まれ、喜びのあまり危うく、「よっしゃあ！」と叫ぶところだった。

あとがき

AFTERWORD

—小林典雅—


こんにちは、またははじめまして、小林典雅と申します。

　本作は無実の罪で北方に流刑に処されて心を閉ざした男と、彼に恋してなんとか助けたいと奮闘する一途な小リスの恋物語です。これだとシリアスなお話なのかと思われそうですが、いつもどおりラブコメです。

　一話目は雑誌の「もふもふ特集号」に掲載していただいたお話なのですが、「もふもふ担当がリス？　ちっさ！」と言われてしまうかも、とドキドキしながら書いていました。

　実はこのお話の前に『王子と狼殿下のフェアリーテイル』という作品を書いていまして、狼に変えられた殿下がメインキャラで、自分なりにもふもふといえばこれ！　という萌えポイントを詰め込んで書き上げた直後、担当様から「次の雑誌の特集テーマは『もふもふ』です」と伺い、ひょえー！　もう手持ちのもふネタ出しきっちゃったよ、次のもふはどうしたら……！とあわあわしていたとき、ふと既刊の『王子ですが、お嫁にきました』という作品の脇キャラで、事あるごとにチビるリスのピムが意外に読者様に好評だったことを思い出し、シマリス可愛いし、尻尾も一応もふもふしてるし、この際ピムの従兄弟という設定でリスを主役にしちゃおうかな、という事情で小リスを無理矢理もふ枠に入れてもらうことにしたのでした。

自分でも「ちっさ！」と思いながら書いていましたが、雑誌掲載後のアンケに「小リス可愛い〜！」「尻尾で顔を撫でられたい！」「キアラとホリーと一緒に騒ぎたい！」「イリヤのぬいぐるみ欲しい〜！」などたくさんイリヤを愛でてくださるご感想をいただけて嬉しかったです。

一方のライジェルは私の攻の中では若干異色なタイプで、まず寡黙で（書き下ろしでは内心饒舌ですが）、暗くて（普段はにこやかで穏やかな攻が好きでよく書いてます）、とても小リスと恋に落ちたりしそうにないツンですが、安心してください。ちゃんとデレます。

私は受を好き過ぎておかしくなるのが攻のたしなみと思っているので、ライジェルも後半では安定の隠れ変態の溺愛攻と化しております。前半のクールで俺に構うんじゃねえというタイプがお好きの方にはすみません。クールなそぶりで内心で絶叫するような攻が好きなんです。

今回は緒花先生に挿絵をお願いでき、小リスと無精髭長髪攻にしてよかった……！と落涙しそうに可愛いイリヤと色気漂うライジェルに加え、めちゃ可愛い人間のイリヤと予想通りかっこいい短髪のライジェル、頼りがいある兄貴風のクーストースまで、細部まで美麗なイラストでキャラに命を吹き込んでくださり、緒花先生に描いていただけて本当に幸せでした。

あと本作にイリヤの友達ポジで登場している王子アシェルと、パートナーの葉室岳の恋の顛末が気になる方は、前出の『王子ですが、お嫁にきました』をお読みくださると嬉しいです。

小さくてもガッツのあるけなげな小リスと厭世家の人間の恋物語でほっこり笑顔になっていただけたら幸いです。また次のビタミンBLでお目にかかれますように。

この本を読んでのご意見、ご感想などをお寄せください。
小林典雅先生・緒花先生へのはげましのおたよりもお待ちしております。

〒113-0024　東京都文京区西片2-19-18　新書館
[編集部へのご意見・ご感想] ディアプラス文庫編集部「恋する小リス、いりませんか?」係
[先生方へのおたより] ディアプラス文庫編集部気付　○○先生

- 初出 -
恋する小リス、いりませんか?：小説ディアプラス23年アキ号（Vol.91）
実は可愛いもの好きですが、なにか：書き下ろし

[こいするこりす、いりませんか?]
恋する小リス、いりませんか?

著者：**小林典雅** こばやし・てんが

初版発行：2024年6月25日

発行所：株式会社 新書館
[編集] 〒113-0024
東京都文京区西片2-19-18　電話（03）3811-2631
[営業] 〒174-0043
東京都板橋区坂下1-22-14　電話（03）5970-3840
[URL] https://www.shinshokan.co.jp/

印刷・製本：株式会社 光邦

ISBN978-4-403-52601-5